L'EXÉCUTEUR

CHARGE SANGLANTE SUR CIENFUEGOS

DISPONIBLES DANS LA MÊME COLLECTION

N° 175 : *Les mercenaires du diable*
N° 176 : *La bataille de Rapid City*
N° 178 : *Alerte rouge au Pentagone*
N° 179 : *La loi du sang*
N° 180 : *Blitz éclair à Hollandia*
N° 181 : *Clash mortel sur Philadelphie*
N° 182 : *Les Triades sanglantes*
N° 183 : *Les démons du Pacifique*
N° 184 : *Carnage à Waco*
N° 185 : *Plein feu sur Barranquilla*
N° 186 : *Mortel combat au Sri Lanka*
N° 187 : *Nuit d'enfer pour la mafia*
N° 188 : *Enchères mortelles à Aden*
N° 189 : *Un duel sans merci*
N° 190 : *Musique funèbre pour un mafieux*
N° 191 : *Panique à Panamá City*
N° 192 : *Mousson sanglante sur Wan Ban*
N° 193 : *Les fossoyeurs de Manhattan*
N° 194 : *Par le feu et par le sang*
N° 195 : *Traquenard à Tijuana*
N° 196 : *Razzia au Costa Rica*
N° 197 : *Echec et mat pour un pourri*
N° 198 : *Massacre à Miami*
N° 199 : *Les cokeros de Cochabamba*
N° 200 : *Mourir à Belize*
N° 201 : *Hallali à Cincinnati*
N° 202 : *Le Baiser de la Pieuvre*
N° 203 : *Mortel assaut sur San Diego*
N° 204 : *Le capo de Peshawar*
N° 205 : *Ultime conspiration*
N° 206 : *Frères de sang*
N° 207 : *Le jour du jugement*
N° 208 : *L'As noir de Washington*
N° 209 : *Les bouchers de l'Amazone*
N° 210 : *Les chiens blancs de Lagos*
N° 211 : *Requiem péruvien*
N° 212 : *Les otages de Regina City*
N° 213 : *Les tueurs du plan Attila*
H. S. : *Mortelle intox à Howling Coyote*
N° 214 : *Les sables de l'Apocalypse*
N° 215 : *Chicago Connection*
N° 216 : *Chasse à l'homme à Houston*
H. S. : *Le retour à Pittsfield*
N° 217 : *Typhon sur Manille*
N° 218 : *Marchands de mort*
N° 219 : *Une infiltration à haut risque*
N° 220 : *Tonnerre sur Cleveland*
N° 221 : *Le trésor de la mafia*
N° 222 : *Escale mortelle à Heathrow*
N° 223 : *Fatal tandem*
H. S. : *Coïncidences mortelles*
N° 224 : *Les vampires de Washington*
N° 225 : *Opération Salvamento*
N° 226 : *Feu d'enfer sur l'Arctique*
N° 227 : *Typhon sanglant sur Dimbula*
N° 228 : *Les diamants de la terreur*
N° 229 : *Le capo de Bornéo*
N° 230 : *Un bain de sang pour Sun Lee*
N° 231 : *Les milliards siciliens*
H. S. : *Rouge, impair et mort*
N° 232 : *Le tocsin argentin*
N° 233 : *Le blitz de Little Havana*
N° 234 : *Les mercenaires de la coke*
N° 235 : *Otage du cartel*
N° 236 : *L'ultime défi*
N° 237 : *Les vampires de Spider Mountain*
N° 238 : *Traque mortelle sur Pa'ahnui*
N° 239 : *Offshore Connection*
N° 240 : *Le Capo et le Monsignore*
N° 241 : *Légitime violence*
H. S. : *Sanglantes tueries en Californie*
N° 242 : *Requiem pour un Monsignore*
N° 243 : *Une peste mafieuse*
N° 244 : *Sang pour sang à San Salvador*
N° 245 : *Les tueurs de Montanitas*
N° 246 : *Pluie de coke sur Ocean Beach*
N° 247 : *Coup de gong pour une triade*
N° 248 : *Sabrer n'est pas jouer*
N° 249 : *Panique à Reynosa*

DON PENDLETON

L'EXÉCUTEUR

CHARGE SANGLANTE SUR CIENFUEGOS

Adapté de l'américain par
URBAN AECK

VAUVENARGUES

Photo de couverture
© MAROCCO

2008, Adaptation française : GECEP / HUNTER
ISBN 978-2-2801-9493-8 — ISSN 0337-1182

CHAPITRE PREMIER

— T'es niqué, *hijo de puta* !

La voix, rauque, venait de l'escalier et fut suivie d'un cliquetis métallique. Chez l'ennemi, on vérifiait les armes et on pratiquait la sape du moral.

— T'es piégé, fils de pute ! T'es même déjà mort.

L'anglais du type à la voix rauque était si déformé par son accent qu'il en était presque incompréhensible. Mais l'Exécuteur n'avait pas besoin de sous-titres. L'autre pourri avait raison, au moins sur un point : il était piégé. Quant à être déjà mort… L'intox verbale, il avait bien connu. C'était des années, des siècles auparavant, lui semblait-il parfois. Là-bas, au pays des rizières, des Viêt-Congs, des *gooks*. Au pays de la sale mort dans la boue des moussons.

— Je crois qu'ils ont raison, *señor*. Je crois bien que vous êtes fichu.

Ligoté au pied de l'imposant coffre-fort béant, et ses yeux bridés fixant Bolan sans ciller, le comptable de la famille Sastroso ne semblait même pas avoir peur. Sans le quitter du regard, il ajouta :

— Vous n'auriez jamais dû, *señor*. *Nunca*. Jamais.

Malgré son langage châtié et son costume sombre bien coupé, le type ressemblait plus à un tueur qu'à un homme de chiffres. Face dure, prunelles noir d'encre, avec tout au fond, cette petite lueur froide qui caractérise les vrais voyous. Pourtant, trois minutes plus tôt et cédant à la vue des cadavres de ses baby-sitters, il avait fini par livrer la combinaison du coffre. Sans broncher, il avait regardé Bolan refermer le zip de son sac sur le pactole et les précieux documents... et la cavalerie avait débarqué. Comme ça, sans raison. Ou plutôt si. D'une manière ou d'une autre, ce salaud de comptable avait sonné le tocsin. Un signal, un système d'alerte planqué quelque part. L'Exécuteur le comprenait maintenant à cette nouvelle petite lueur dans son regard.

Le piège.

Certes, il connaissait ce genre de risque, mais, cette fois, il n'avait pas eu le choix. Précisément à cause du coffre-fort. Dernière génération, acier triple épaisseur, blindage tungstène, verrouillage électronique : inviolable à moins de tout faire sauter. Trop risqué. Ici, c'était *Little Havana*. La moindre explosion aurait déclenché une émeute, et le débarquement de la police. D'où la méthode douce employée par l'Exécuteur. Filature du comptable et de ses deux baby-sitters, pénétration des lieux à leur suite et en douceur, « traitement » éclair des porte-flingues et des deux gardiens de l'entrepôt. Exécutions discrètes, grâce au réducteur de son du 93-R. Surtout, pas de vacarme. Discrétion totale requise.

Selon les infos fournies par un certain Fox, informateur local, donné comme *very reliable*, et relayées par Hal Brognola, le comptable était un neveu, un *sobrino* de Juan Miguel Sastroso. Il avait toute sa confiance, et il avait accès au coffre-fort. Sous-entendu, il en connaissait la combinaison. Alors, l'Exécuteur avait décidé de lui tomber dessus, avant même de lancer son blitz sur le fief cubain de Miami. Car, dans le cas contraire, le fric aurait disparu dès le début des hostilités. Beaucoup de liquide. Le siège du Latina Food Consortium était la « banque » des mafieux chicanos du secteur, et les révélations de l'indic intéressaient beaucoup l'Exécuteur. En effet, outre quelques chemises cartonnées, le coffre du L.F.C. renfermait un joli magot. 500 000 dollars, résultat de la vente d'un stock de coke en provenance du Venezuela, via la République dominicaine, et destiné au blanchiment, grâce aux circuits complexes d'une sorte de tontine en usage dans les milieux commerciaux de la communauté hispanique.

Un joli magot, en coupures de cent dollars, qui reposait à présent dans le grand sac à dos prévu à cet effet, en compagnie des chemises cartonnées. Un vrai sac au trésor, maintenant accroché à ses épaules, et qu'il devait sortir d'ici. S'extirper de ce sous-sol. Très vite. Dans un instant, le secteur grouillerait de flingueurs au sang chaud, sans doute très motivés. Au pied du coffre-fort vide et béant, le comptable se tordit le cou pour interpeller de nouveau le Guerrier dans son langage châtié :

— Vous avez eu tort de faire ça, *señor.*

Sans doute quand même soucieux de se dédouaner aux yeux de son boss, il hasarda encore :

— Si vous voulez, je peux dire à ces *hombres* que vous souhaitez négocier. Que vous acceptez de quitter les lieux en laissant l'argent.

Ben voyons ! C'était connu, la négociation était la distraction chérie des mafias ! Malgré la situation, le Guerrier ne put contenir une esquisse de sourire. Vite effacé. Dans ses prunelles couleur d'acier, une étincelle avait fulguré, tandis que sa main gauche plongeait dans une des poches de sa combinaison de combat. Au fond de celle-ci, une poignée de pièces de métal de couleur or. De faux dollars.

Les fameuses monnaies explosives de l'ami Herman.

Décision prise. Exit la discrétion. L'urgence commandait, et la seule issue était l'escalier. Mission quasi impossible. En général et en de telles circonstances, un sous-sol constituait presque toujours un piège sérieux, à moins d'une issue de secours. Inexistante ici. Le neveu de Sastroso le savait, et il insista :

— Si vous reposez ce sac, et si vous me libérez...

Il n'eut pas le temps d'achever, stoppé par un bruit dans l'escalier. Une cascade de sons sourds. Un objet qui chutait de marche en marche, et qui apparut soudain dans la lumière glauque du sous-sol, roulant sur le béton craquelé en oscillant presque comiquement...

Un cylindre métallique de teinte kaki, qui achevait de danser sur le béton en tournant lentement sur lui-même. D'apparence à la fois banale, et terriblement menaçante, avec son levier de déclenchement dégagé, et le mince filet de fumée claire s'échappant du bouchon allumeur.

— Hé ! cria le comptable en ruant au sol. *Qué pas...*

L'Exécuteur écoutait à peine. Instinctivement, il avait déjà roulé de côté vers le seul abri possible, l'autre angle du coffre-fort. Mais, simultanément, son regard exercé avait identifié l'engin au passage : ni défensif, ni offensif. Forme caractéristique. Grenade fumigène. Ou lacrymogène, ou incendiaire. Réponse dans...

Une explosion sourde, accompagnée d'une espèce de chuintement. Et de fumée. Beaucoup. Epaisse. Et aussitôt, la réponse, douloureuse, brûlante pour la peau, les yeux. Grenade lacrymo.

— Hé ! cria encore le comptable. *Soy...*

La suite se perdit dans une quinte de toux. Nerveuse. Sifflante. Le chicano n'avait pas retenu son souffle. Et sûrement pas non plus fermé les yeux. Le Guerrier, si.

Avec une certitude : si les pourris avaient utilisé du gaz lacrymogène au lieu d'une vraie grenade, c'était pour ménager le neveu du boss. Trop précieux. Pour Bolan aussi. Une chance de survie. Petite, vu les circonstances, mais jouable. Restait à créer les conditions. D'abord, la lumière. Contrairement aux probabilités, la déflagration de la grenade avait épargné le tube fluo fixé au plafond du sous-sol, et le nuage toxique s'entortillait dans le halo de sa lumière glauque, serpentant le long des rayonnages en tôle d'une armoire à classeurs. Relevant le canon du Beretta, Bolan rouvrit un œil, envoya une 9 mm vers le tube qui explosa. Dans l'obscurité, tandis qu'il engageait un nouveau chargeur dans le 93-R, des bruits, des appels roulèrent dans la cage d'escalier. Le comptable cria, impératif :

— *¡ Cuidado ! Soy aquí !*

Personne ne répondit, seuls des bruits étouffés persistèrent. Pendant ce temps, l'Exécuteur avait ouvert une des poches pectorales de sa combinaison de combat, y prélevant un des accessoires qui l'équipaient maintenant lors de chaque blitz.

Le Smart.

Un mini Caméscope, extra plat et ultra léger, à système de vision nocturne, dont l'application d'imagerie holographique par fibro-projection s'apparentait à celle équipant les appareils de visée de certains avions de chasse.

— N'insistez pas, *señor.* Si vous…

Non loin de Bolan, le comptable toussa, cracha, reprit péniblement :

— Si vous… ne vous rendez pas…

Nouvelle quinte de toux, puis :

— … *mis hombres* seront forcés… de vous tuer.

Ces pourris n'auraient sans doute guère à se forcer.

Malgré la toux, le ton du comptable restait mesuré. Des nerfs solides, le neveu de Sastroso.

Paupières toujours fermées et retenant sa respiration, le Guerrier avait achevé de boucler la sangle du Smart autour de son front, abaissé le mince écran « feuille » devant son œil droit, et activé la prise de vues de l'appareil. Aussitôt, une faible lueur pâle et de teinte verdâtre s'inscrivit derrière sa paupière close. Il entrouvrit celle-ci, faillit la refermer, à cause de la brûlure, parvint à tenir bon. Le système I.L. remplissait son office, révélant le débouché de la cage d'escalier. Une image de qualité médiocre, due à la fumée, au manque de lumière résiduelle du sous-sol et à ses propres larmes, toutefois suffisante, pour ce que l'Exécuteur avait à faire en la circonstance.

Tuer.

Mais d'abord, échapper aux gaz lacrymogènes. Très vite. Décrochant le MAC 10 de ses attaches de ceinture, assurant le Beretta dans son autre poing, il se redressa, lança à l'adresse du comptable :

— Dis à ton oncle que Mack Bolan reviendra.

Sauf cas extrême, et eu égard aux infos fournies par Hal Brognola sur la personnalité du neveu de Sastroso, il avait décidé de le laisser vivre. Une seconde chance. Car, tout juste sorti de l'université, et bien que déjà mouillé dans l'univers criminel, le jeune chicano n'avait pas encore de sang sur les mains. Rien que des tâches comptables… jusqu'à ce jour. Alors qu'il atteignait le bas de l'escalier, Bolan entendit le neveu tousser dans son dos, puis lui lancer d'une voix altérée :

— Je… J'ignore qui vous êtes, *señor*… Bolan, mais je crois que… que mon oncle vous tuera…

La suite se perdit dans une furieuse quinte de toux assortie de gémissements étouffés. Mauvais moment à passer. De toute façon, le Guerrier n'écoutait plus. Sur l'écran du Smart, des marches d'escalier, de la lumière au sommet. Personne à l'horizon. Forcément. A moins d'être équipés de masques à gaz, les pourris restaient à l'écart, planqués là-haut, prêts à l'allumer dès son apparition. L'Exécuteur aurait pu utiliser le comptable comme bouclier humain, mais il répugnait à ce type de méthode. Pas des manières de guerrier. Armes en batterie et l'œil droit aux aguets derrière l'écran du Smart, il monta une marche, puis deux, arriva au coude de l'escalier, risqua un regard. Personne. Seulement la faible lumière du magasin de marchandises restée allumée lors de son intervention un peu plus tôt. Un tube fluo, semblable à celui du sous-sol. Sa prochaine cible. Si possible.

— *El cómico !* T'es asphyxié ?

La même voix rauque, le même accent latino prononcé. Les pourris commençaient à se poser des questions. Logique. Sans ses nerfs d'acier et sa faculté à retenir sa respiration, Bolan aurait déjà dû se précipiter ; émerger au rez-de-chaussée en toussant comme un malade et quasiment aveugle. Très tentant, en l'occurrence. Mais d'abord, préparer sa sortie. Frapper sélectivement.

— *Maricon !* T'es mort ?

Ils entendaient évidemment les quintes de toux du comptable, maintenant insupportables à l'oreille. Râpeuses, à s'arracher les bronches. Une quinte de toux dont ils ignoraient de qui elle émanait. Une certitude chez eux, leur cambrioleur allait finir par sortir. Ils avaient raison. Pour Mack Bolan, la situation devenait intenable. Oreilles bourdonnantes, les yeux brûlants, le crâne plein de cymbales, les poumons au bord de l'explosion et le cœur cognant contre ses côtes, son autonomie respiratoire se comptait maintenant en secondes. Du fond du sous-sol, la voix cassée du comptable résonna de nouveau, hachée par des quintes douloureuses :

— Ils… ils vont vous… vous déchiqueter sur place, *señor* ! Vous… vous abattre *como un perro…*

Sourd aux menaces, l'Exécuteur s'était hissé d'une marche, portant le haut de sa tête au ras de l'ouverture d'escalier. Quelque part au-dessus et encore invisible, un fluo dispensait sa lumière glauque. Presque aveuglante sur l'écran du Smart. Pour rendre l'ennemi aveugle, une seule solution, éclater le fluo. Condition sine qua non, émerger de la trémie d'escalier, au moins de la tête et de son bras armé. Extrêmement risqué. Les autres guettaient sa sortie, ils l'arroseraient avant même qu'il ait pu ajuster son tir. Pourtant, faute des grenades qu'il n'avait pas jugé utile d'emporter pour ce type d'opération, l'Exécuteur n'avait que cette option. En spéculant sur le facteur chance… et les dollars explosifs d'Herman « Gadgets » Schwarz.

Prévues pour la dissuasion, la déstabilisation de l'ennemi, voire pour détruire des cibles mineures, les mini charges n'étaient certes pas directement mortelles, mais elles pouvaient parfois aider à tuer. Remisant provisoirement le Beretta dans son passant-étui de ceinture, il saisit deux dollars dans sa poche de combinaison, les tordit d'un geste sec contre l'angle de la marche supérieure, les balança dans l'ouverture de l'escalier. Une cascade de sons métalliques s'ensuivit, trois à quatre secondes s'écoulèrent, et alors que le Guerrier se bouchait les oreilles et refermait son œil droit, le pourri invisible à la voix rauque poussa une exclamation surprise en espagnol. Exclamation balayée une demi-seconde plus tard par les deux déflagrations, sèches et si perçantes que, malgré ses oreilles protégées, Bolan sentit leurs ondes frapper ses tympans, et que leurs éclairs aveuglants transpercèrent ses paupières closes.

Maintenant !

Empoignant de nouveau le 93-R et le MAC 10 dans l'autre poing, l'Exécuteur bondit d'un coup, tel un diable surgissant de sa boîte, pour s'éjecter hors de la trémie. Au ras du sol, en un roulé-boulé qui le catapulta au pied d'une cloison. Un des deux bureaux de la réception, vitrés à mi-corps. A l'occasion de sa première intrusion, il avait pu mémoriser la topographie du secteur. De l'autre côté du couloir, le deuxième bureau. Avec une partie salon, un canapé en cuir avachi, une table basse, des éléments de classement, bourrés de dossiers. De ce côté, personne en vue, mais ils étaient là. L'Exécuteur le sentait. Dans l'un ou l'autre des bureaux. Peut-être dans les deux. Au plafond du premier, *le* tube fluo. Unique. Toujours allumé. Tout en roulant sur lui-même, le Guerrier avait tendu ses deux armes devant lui. Canon du Beretta au ras du sol, celui du P.-M. vers le haut, pointé sur la lumière blafarde. Simultanément, et tandis que son index gauche se posait sur la détente du MAC 10, son regard avait photographié la scène.

A l'entrée du bureau de droite, mi-assis, mi-écroulé contre la cloison, le cadavre d'un de deux baby-sitters abattus par lui à son arrivée. Et, réfugié derrière le corps, une silhouette, allongée sur le carrelage. Un type bien vivant, vêtu d'un blouson verdâtre, coiffé d'une casquette à la visière rejetée sur la nuque. A en juger par la masse de l'intéressé, un colosse. Immobile, braquant sur la sortie d'escalier un court P.-M., bras posé sur le flanc du mort, index engagé sous le pontet de l'arme. Bouche ouverte, visiblement désorienté. Ses yeux dilatés avaient l'air de chercher. Un regard d'aveugle. Logique. Résultats conjugués des deux explosions.

Effets sidérant, et aveuglant.

Alors que le Guerrier allait enfoncer la détente du MAC 10, et que son index droit pesait sur celle du Beretta, il y eut comme un courant d'air dans la cage d'escalier. Tout juste un léger souffle, suivi d'une sorte de claquement à peine audible. Puis une ombre jaillit. Tout près.

Et le déluge.

Longue rafale, impacts, éclats tous azimuts. Dans un réflexe foudroyant, l'Exécuteur avait déjà roulé au sol, retourné le Beretta vers la trémie d'escalier, pressé la détente, perçu une plainte, un vague bruit de chute. Dans le même temps, le MAC 10 avait à son tour craché sa rafale. Nerveuse. Fracassant les vitres du bureau, explosant le tube fluo dans la foulée. Puis, exactement au même instant, un choc dans le dos.

Violent, fulgurant, brûlant.

CHAPITRE II

L'Exécuteur était touché ! Il s'était fait piéger par une contre-attaque venue du sous-sol qu'il venait de quitter ! Un sous-sol sans autre issue que cet escalier !

Apparemment.

Car il y en avait une autre. Forcément. Bien planquée. Derrière le seul meuble du lieu. L'armoire métallique. Il s'était fait avoir. Résultat, il était mal. Très mal. Gêné par le sac à dos, il n'avait qu'à demi roulé à l'écart. Il avait encaissé. Refoulant la douleur et serrant les dents, il se jeta de côté, tandis qu'en face, le P.-M. du colosse se mettait à cracher à son tour, aussitôt imité par d'autres. Des rafales nourries, jaillies des deux bureaux à la fois, et convergeant vers sa position. Sur l'écran du Smart, de vagues silhouettes. Des éclairs. Blêmes, aveuglants.

Le Guerrier était mal. Vraiment très mal.

Seule solution, le combat à outrance. Dans ses poings, le MAC 10 et le 93-R crachèrent en même temps, hachant respectivement les bas de cloisons des deux bureaux, déclenchant un concert de cris et de râles. Un feu nourri qui s'acheva trop vite. Chargeurs vides. Permutation de ceux-ci, pointage des canons, index sur les détentes et nouveaux tirs. Sur l'écran du Smart, le Guerrier aperçut la silhouette du colosse allongé marquer un sursaut et s'aplatir derrière le cadavre du baby-sitter. Mais, alors que les canons du MAC 10 et du Beretta pointaient de nouveau sur les cloisons des bureaux pour achever leur concert de mort, d'autres cris résonnèrent soudain sur sa gauche.

Dans l'escalier du sous-sol !

Et puis un ordre, inattendu :

— *¡ Basta !*

Une voix tendue, presque affolée.

— T'es coincé, *mother fucker* !

Voix dure, fort accent. Et un rayon de lampe sur lui. Suivi d'autres rayons de lampes venus de derrière… et aussi d'en face ! De l'entrée de la zone bureaux. Nouveaux renforts. Par toutes les issues !

— Balance tes flingues ! *Quick…*

Bolan n'écoutait pas. Il avait plongé de côté, à l'abri d'un angle de cloison. Hors des rayons des lampes, mais sans doute pas des balles. Le dos en feu, grimaçant de douleur et couvrant la trémie d'escalier du canon du P.-M., il actionna le zoom du Smart, risqua un regard du côté du dépôt. Ennemi invisible. Ebloui par la lumière des torches, il put néanmoins apercevoir des empilements de fûts marqués *Salsa picànte*. Et tout un stock de caisses, de sacs, et de cartons, pleins de logos et d'inscriptions.

Cachaça Albeniz… Ron Vicario…Black Seal…Agave Tequilana…

Des dizaines de cartons d'alcool. Dans peu de temps, les pourris auraient de quoi arroser sa mort. Pour l'Exécuteur, le bilan s'imposait ; il était cerné, munitions insuffisantes, ennemis trop nombreux, toute retraite coupée. Situation désespérée. Sauf un détail surprenant. Les rafales avaient cessé dès cet ordre donné l'instant d'avant.

Un arrêt des tirs, alors même que le Guerrier était pris dans plusieurs faisceaux lumineux. Fugitivement certes, mais suffisamment pour risquer d'encaisser quelques balles supplémentaires. Moralité, on ne voulait plus le tuer. Contre toute attente, quelqu'un dans le commando avait changé d'avis. Probablement un chef. Il se posait des questions. Qui était le mystérieux voleur ? Comment avait-il eu connaissance de l'existence de ce coffre-fort ? Interrogations vitales pour le clan. Le voleur en question était seul à pouvoir y répondre, on l'avait compris et maintenant, on le voulait vivant. Provisoirement.

Une chance. Peut-être.

A une condition : prendre l'ennemi à contre-pied. Retraite surprise. L'issue improbable. Celle où on ne l'attendait plus. Le sous-sol. Enfumé, irrespirable. Une folie. Néanmoins c'était la seule solution. Tout allait très vite. Ceux de l'escalier toussaient de nouveau. N'y tenaient plus. Ils allaient débarquer, jaillir de la trémie comme des diables de leurs boîtes. Question de secondes. Il devait attendre leur sortie, puis le tir au pigeon. Réduire les forces ennemies de ce côté, et bloquer les attaques sur ses arrières. La partie dépôt. Pour inverser la logique du piège, pour utiliser le seul élément dont il puisse faire un allié : le rhum, la tequila.

Des dizaines de cartons. A vue de nez, deux à trois cents litres. Avec un peu de chance...

Déjà, l'Exécuteur avait extrait de nouvelles monnaies explosives de deux poches différentes de sa combinaison. Trois incapacitantes, trois aveuglantes, et cinq incendiaires. Toutes ses réserves en la matière. Son quitte ou double. La mort à pile ou face.

Maintenant.

D'abord, le combustible. Relevant le canon du MAC 10,

il allait de nouveau tendre le cou pour ajuster les piles de cartons, quand la voix issue du dépôt résonna de nouveau :

— T'as trois secondes, *hijo de puta* ! Ou tu balances tes flingues, ou on te transforme en charpie !

La voix était tendue, comme si le type craignait quelque chose. Pourtant, l'avantage était dans son camp. Un silence suivit, puis un déclic, et encore la même voix, en anglais :

— Avec ça !

Aussitôt, une longue rafale retentit. Divers débris volèrent au-dessus de sa tête, du verre explosa quelque part, du ciment vola en éclats tout près de lui. Les salauds connaissaient exactement sa position. C'était très chaud. Au même instant, du côté des bureaux, quelque chose venait de bouger sur l'écran du Smart.

Le colosse !

Le type au blouson, réfugié derrière le cadavre du baby-sitter, n'était pas mort. Contre toute attente, il avait échappé aux tirs du Guerrier. Pure baraka. Et sans doute enhardi par l'irruption des renforts, il avait émergé de derrière son bouclier humain, relevant le canon de son P.-M. Hélas pour lui, trompé sur la position exacte de l'Exécuteur et dérouté par le ballet mouvant des rayons de lampes, il cherchait encore sa cible dans le noir, quand le réducteur de son du Beretta de Bolan éternua. Une seule fois. Et comme la chance ne passe en général qu'une fois, le colosse encaissa la 9 mm en plein front. Un impact puissant, qui lui rejeta la tête en arrière, tandis qu'un jet de sang et d'autres choses moins identifiables fusait de l'arrière de son crâne, éclaboussant les cloisons des deux bureaux. Dans le même temps, croyant probablement pouvoir saisir leur chance à leur tour, deux silhouettes armées jaillirent du bureau de gauche.

Roulant sur le carrelage du couloir pour atterrir derrière les cadavres du colosse et du baby-sitter, ils semblaient pressés d'en finir. Tandis que d'autres silhouettes apparaissaient fugitivement derrière eux, leurs P.-M. entrèrent en action, rafalant un peu au hasard au ras du sol avec un ensemble digne de professionnels du combat. Ricochant au sol et contre l'angle du mur protégeant le Guerrier, les ogives meurtrières se mirent à gicler partout. Derrière Bolan, et dans le vacarme des chapelets sonores, la voix du type du dépôt hurla quelque chose qu'il ne comprit pas. Aussitôt, les rafales des deux rescapés impatients se turent.

Pas le MAC 10 du Guerrier.

Profitant de l'accalmie, l'Exécuteur avait redressé le canon de son P.-M., et pressé la détente. Ses cibles, les silhouettes entraperçues au-delà des impatients. Une rafale qui passa au-dessus de ces derniers alors protégés par les cadavres, mais qui hacha le haut de la cloison derrière laquelle les silhouettes avaient disparu. Il perçut des plaintes, un cri, des sons lourds, et, tandis qu'une des silhouettes réapparaissait en basculant pour s'écrouler dans le couloir, la voix du dépôt cria encore :

— *¡ Basta !*

Il y eut un silence, des toux mal étouffées s'élevèrent du sous-sol, puis la même voix. En anglais :

— Ça sert à rien, *son of a bitch* ! T'es coincé de partout. T'as aucune chance ! On est trop nombreux !

Et comme pour appuyer la mise en garde et toussant comme des malades, les premiers renforts du sous-sol jaillirent de la trémie de l'escalier comme des diables de leurs boîtes, eux aussi P.-M. aux poings. Trois rafaleurs, aux silhouettes verdâtres et gesticulantes. Bien sûr, le Guerrier s'y était attendu. Dans le bi-chargeur du MAC 10, encore une quinzaine de cartouches. D'une brève pression de l'index, il en libéra une demi-douzaine. Au bord de l'escalier, aveuglés par les gaz irritants et encore secoués par leurs toux, les trois nouveaux venus sursautèrent sur le mini écran du Smart. Dans le même temps, et alors que les tirs reprenaient du côté du dépôt et que les balles vrombissaient à ses oreilles, l'Exécuteur avait engagé un premier faux dollar entre ses dents, puis quatre autres à la suite. Les monnaies incendiaires. Restait à attendre l'accalmie. Elle survint une poignée de secondes plus tard. Alors, roulant sur lui-même, Bolan vida le reste du chargeur du MAC 10. Direction le stock de cartons.

Rhum et tequila.

Une rafale qui creva les cartons, qui fit éclater les premières bouteilles. Celles du bas de la pile. Au passage, une giclée de projectiles transperça également quelques fûts, libérant des geysers de liquides divers. Dans la foulée, ce qui devait se produire survint. Privé d'une assise stable à cause des bouteilles explosées, le stock entier de cartons vacilla, avant de basculer pour s'écraser sur le béton de l'entrepôt. D'abord un bruit sourd de cartons éventrés, aussitôt suivi par le vacarme de l'éclatement en chaîne des centaines de bouteilles.

Déjà, et tandis qu'une odeur d'alcool montait brusquement dans l'air confiné en se mêlant à celle de la cordite, le Guerrier avait plié les cinq dollars entre ses dents. Cinq pièces tordues, qu'il envoya d'un revers de bras, en direction du tas de cartons éclatés. Des cris montèrent de derrière des empilements de palettes, et alors que les rayons de torches se remettaient à chercher Bolan, il y eut trois explosions. Plutôt modestes, suivies d'éclairs jaune vif accompagnés de gerbes d'étincelles. Bien sûr, enflammer des alcools à boire nécessitait un minimum de chaleur, ce à quoi le génial Herman Schwarz avait évidemment pensé, en concoctant ses petites compositions chimiques très secrètes. Des lueurs naquirent entre les cartons, se transformant dans la foulée en de courtes flammes d'un orange éblouissant. On aurait alors pu croire le phénomène parvenu à son terme.

Le Guerrier venait juste d'arracher le Smart de son œil pour éviter d'être aveuglé quand, d'un coup, de vraies flammes s'élevèrent, incendiant instantanément l'immense flaque liquide répandue au sol, montant à l'assaut des empilements de cartons éclatés. Dans une orgie de « flops » assourdis et de bizarres sons de soufflets, toute la scène s'éclaira subitement, illuminant le dépôt de lumières dansantes, découvrant des ombres qui s'égayaient en tous sens. Dans l'affolement, des hurlements, des ordres en espagnol, des rafales aussi. Si nombreuses, si violentes et si nourries que l'Exécuteur se dit un instant qu'il avait eu tort. Cette débauche de feu ne lui laissait pas beaucoup de chance à lui non plus. Pourtant, il n'avait plus le choix, et déjà, il tordait les six derniers dollars entre ses dents.

Trois incapacitants, trois aveuglants.

Six torsions, six lancers, six séries de sons en cascades sur le béton des marches. Et des exclamations. Surprises. Inquiètes. Puis d'autres rafales hachant tout sur leur passage. Eclatant du bois, du verre, du ciment tout autour de l'Exécuteur. Rafales furieuses, dévastatrices, venues de l'entrepôt… et de l'espace bureaux !

Plus de questions, plus de palabres. La guerre totale.

L'hallali !

Tassé sur le carrelage, certain cette fois de recevoir l'essaim de plomb fatal qui le clouerait au sol, l'Exécuteur avait changé le bi-chargeur du MAC 10. Le dernier. Ultime chance de survie. Ensuite, juste le temps de récupérer le Beretta, de fermer les yeux, de se boucher les oreilles. Dans l'escalier, six déflagrations. Trois sèches et suivies d'éclairs blêmes, trois autres, si fortes que le sol trembla sous l'Exécuteur. Explosions incapacitantes. Heureusement, pour les yeux et l'ouïe du Guerrier, ses yeux et ses oreilles masqués n'enregistrèrent que des lueurs floues, et des sons étouffés. Alors, d'un élan fou, il roula, plongea dans la cage d'escalier. Sans calculer, sans penser, sans presque viser. A l'instinct. Animal. Il sentit le vide le happer, ressentit deux chocs dans le dos. Des balles ? Il ouvrit la bouche sur un grognement de douleur. La referma aussitôt. La fumée. Les lacrymos. Puis d'autres chocs. Ceux de la chute. De marche en marche. De corps en corps. Ceux de l'ennemi. Tour à tour durs et solides, ou mous et fuyants. Ceux qu'il entraînait dans sa chute. Rendus sourds et aveugles, les autres ne savaient pas ce qui arrivait. Retombant sur ses pieds, l'Exécuteur coucha d'une mini rafale deux silhouettes devant lui, se retrouva dans le sous-sol. Essayant d'oublier la douleur qui rongeait son dos, luttant contre sa vue brouillée sous l'effet de la fumée et ne pouvant contenir plus longtemps une violente quinte de toux, il lança un regard au fond du local éclairé a giorno par la lumière de l'incendie en haut de l'escalier. Le coffre ouvert, et le comptable… libéré de ses liens !

Délivré par la cavalerie.

Recroquevillé à terre, il toussait comme un forcené, apparemment incapable de se redresser. Sur la droite, l'armoire à classeurs était déplacée. Elle avait pivoté perpendiculairement au mur, à la manière d'une porte, découvrant une ouverture dans la maçonnerie.

Le passage des renforts !

Beretta en batterie, le Guerrier fit sauter d'une seule 9 mm le bandana et le front d'un chicano qui relevait son arme vers lui, catapulta le type encore debout contre un de ses copains, les envoyant rouler au sol. Il allait bondir par-dessus les deux corps empêtrés pour se frayer un passage vers l'ouverture démasquée, quand, incrédule, il vit l'armoire à classeurs se rabattre brusquement contre le mur.

Issue fermée !

Dans le même temps, une rafale déchira l'atmosphère enfumée, des balles sifflèrent tout près de l'Exécuteur.

Là-bas, un tireur jusqu'alors masqué par le meuble, qui ne semblait pas gêné par les gaz, et qui s'apprêtait à rafaler de nouveau. Droit sur Bolan. Le poignet du Guerrier rectifiait l'alignement du canon du MAC 10, quand une ombre lui arriva dessus comme la foudre, précédée par la silhouette d'un objet mouvant. Un objet luisant, un mouvement de moulinet. Fulgurant. Et le choc. En pleine tempe. Des éclairs plein le crâne et les yeux, l'Exécuteur enfonçait la détente du P.-M., quand, soudain, une déflagration secoua l'espace confiné. Explosion sourde, puissante, vibrante, accompagnée d'un éclair flamboyant. Sonné par le coup, la cervelle en compote et les bronches ravagées, Mack Bolan avait, d'instinct, fermé les yeux. Saisi par un vertige, il sentit ses genoux plier, encaissa un deuxième coup dans la nuque, bascula de côté, eut l'impression de tomber dans un puits sans fond. Tandis qu'il plongeait, son regard noyé accrocha d'autres silhouettes, des éclairs de coups de feu, puis le rectangle illuminé de la trémie d'escalier, et, alors que des gongs infernaux éclataient sous son crâne, il sentit son estomac s'emplir de glace.

Un torrent de feu, bouillonnant, aveuglant, dévalait l'escalier, roulait vers lui… allait l'engloutir.

CHAPITRE III

— *Dos.*

Parfaitement impassible, Eddie « Cristo » Sastroso jeta deux de ses cinq cartes sur le tapis vert maculé de taches de bière et constellé de brûlures de cigarettes. Derrière les verres fumés de ses lunettes de soleil qui ne quittaient pas son nez, même la nuit tombée, ses petits yeux fixes et noirs n'avaient pas cillé en découvrant le brelan de rois qu'on venait de lui servir. Au poker, on devait cacher ses émotions, et, comme son père, le fils aîné de Juan Miguel Sastroso était un maître en la matière. Y compris dans la vie courante. Surtout dans le business. Un univers où, de toute façon, sa famille était unanimement respectée. En dix ans d'activités dans ce secteur de Floride, tous leurs ennemis, et tous les amis qui avaient eu le mauvais goût de leur déplaire d'une manière ou d'une autre étaient morts.

Violemment.

Et, depuis le début, c'était lui, Cristo, qui dirigeait ce type d'opérations. Par goût personnel. Il adorait superviser lui-même l'application de la punition, et, dans ces moments-là plus que jamais, son pseudo de Cristo lui allait comme un gant. Un Christ en négatif, en quelque sorte.

Avec son mètre quatre-vingt-cinq, son corps d'athlète au ventre plat, tiré à quatre épingles dans ses chemises blanches à col ouvert et ses éternels costumes noirs, ses cheveux longs et lisses de teinte anthracite, sa belle face glacée soigneusement bronzée, sa démarche de félin et sa voix de crooner latino, il dégageait une espèce de charisme auquel personne ne pouvait rester indifférent. Chez les hommes comme chez les femmes. Il consommait ces dernières à la pelle, les jetait aussitôt comme de vulgaires Kleenex. L'an passé, l'une d'elles s'était même suicidée. Poignets tailladés dans sa baignoire, saignée à blanc. En l'apprenant, et en guise d'oraison funèbre, il avait regretté de sa belle voix de chanteur de charme :

— *¡ Pobre bañera !* Pauvre baignoire !

L'héritier Sastroso détestait le désordre et la saleté… surtout dans les salles de bains. Dans sa maniaquerie, il ne supportait certains relâchements qu'aux tables de poker, en compagnie de ses partenaires habituels. Partenaires au jeu, et en affaires. Ce soir, ses compagnons de jeu n'étaient pas très raffinés, mais tous mangeaient dans la main de son père, et tous craignaient la famille. Le craignaient surtout lui. Et aussi les trois baby-sitters enfourraillés jusqu'aux yeux, qui le suivaient partout, présentement assis légèrement à l'écart, qui les couvaient du regard et qui avaient toujours l'air sur le point de leur sauter dessus. Des soirées, le plus souvent organisées dans des arrière-boutiques « amies » de Little Havana, où flottaient, mélangés dans l'atmosphère confinée, parfums d'épices, vapeurs d'alcools, remugles de fumée et de transpiration. L'univers poker d'Eddie Sastroso. Environnement feutré, glauque et vaguement sulfureux, qui convenait parfaitement à cette partie de lui-même la plus complexe. Il aimait aussi ces petits picotements au bout de ses doigts quand il filait les cartes pour découvrir son jeu.

Les deux cartes demandées avaient atterri devant le tas de dollars répandu devant lui. Il s'en saisit sans hâte, les plaqua au dos de son brelan sans les regarder, prit le temps d'allumer un mini Cohiba, de souffler un nuage de fumée vers les pales poussives du gros ventilateur suspendu au plafond, avant de filer doucement les cartes entre ses doigts aux ongles parfaitement manucurés. Il allait découvrir son troisième roi quand une musique aigrelette résonna dans le silence épais.

Téléphone.

Dans la poche de Jaime « Toro » Toja. Le plus costaud, et le plus âgé de ses gardes du corps. Leur chef. Un colosse au crâne rasé, aux sourcils broussailleux, et à l'épaisse moustache noire. L'âme damnée et le *secretario* de Cristo lors de leurs déplacements. Porte-flingue, porte-serviette et… standardiste à l'occasion. Le balèze sortit le portable de sa poche de veste, répondit :

— ¿ Si ?

Il écouta, fronça les sourcils, leva ses petits yeux charbonneux sur Eddie Sastroso. Quittant précipitamment la caisse qui lui servait de siège, il renvoya dans l'appareil :

— *Segundo.*

Puis, à Cristo qui levait à son tour les yeux sur lui, il annonça en lui tendant le combiné :

— *Sandrino, patrón. El tiene un problema.*

Un problème, au labo !

Inquiet mais n'en laissant rien paraître, le fils Sastroso s'empara du combiné, posa ses cartes masquées sur le tapis vert, quitta la table de jeu et s'éloigna au fond de l'arrière-boutique avant de lancer à son tour dans le portable :

— *Es qué, el proble…*

Il n'eut pas le temps d'achever. Dans l'écouteur, des cris… et des sons qu'il connaissait bien. Trop bien.

Rafales. Armes automatiques.

Un torrent de feu !

Mack Bolan savait sa mort toute proche, il sentait la chaleur infernale rouler vers lui. Une question de secondes. Pourtant, impossible de réagir. Tous les signaux d'alerte de son cerveau hurlaient sous son crâne. Le Guerrier les entendait, comprenait tout, mais son corps était figé. Paralysé. Il entendait les cris, il voyait tout, y compris cette silhouette dressée au-dessus de lui, qui abaissait le canon de son P.-M. vers sa poitrine. Un jeune costaud, torse nu, au nez écrasé et aux yeux pleins de rage.

La mort. A quelques centimètres, à quelques millisecondes.

Puis il vit le jeune costaud sursauter violemment. Il aperçut cette tache sombre, instantanée. En plein buste. Juste à l'endroit du cœur. Si le pourri en avait un. Le flingueur battit des bras, lâcha son P.-M., trébucha deux fois en reculant, avant de s'écrouler en arrière. Preuve qu'il avait un cœur. Eclaté par la balle. Celle du 93-R. Une arme qui avait tressauté dans le poing de l'Exécuteur sans qu'il s'en rende vraiment compte. Réflexe de soldat. Expérience de la guerre. Supprimer une vie pour conserver la sienne. Instinct de conservation. Primaire, salvateur.

Puis la chaleur. L'enfer.

Des gerbes au fond des yeux, des volcans sous les pieds, des laves dans les reins, l'Exécuteur n'était plus qu'une machine programmée pour la guerre. Ses jambes le propulsaient vers la seule issue enregistrée par son cerveau : la grande armoire métallique. Dans ses poings, les deux armes tressautaient en cadence. Des silhouettes s'écroulaient devant lui, et le feu le poursuivait.

Son corps n'était plus que douleur, et les bretelles du sac à dos le tiraient en arrière comme pour le retenir. Il fut tenté d'envoyer son fardeau promener. D'abord sauver sa peau. La vie. Et puis l'armoire fut là. Qui bougea, qui tourna sous sa poussée désespérée. Et alors qu'elle achevait de pivoter, alors que deux nouvelles silhouettes apparaissaient dans l'ouverture, ses deux index n'obéissaient plus qu'à l'ordinateur de son cerveau.

Pour tuer.

Dans le cadre de l'ouverture, les deux silhouettes furent catapultées en arrière. Le canon du P.-M. de l'une d'elles s'alluma d'une série d'éclairs, des frelons rageurs vrombirent dans l'espace enfumé, ricochèrent au plafond bas, se perdirent dans les flammes, et, tandis qu'une chaleur insupportable commençait à brûler les jambes du Guerrier, les deux silhouettes s'écroulèrent. Bondissant alors dans l'ouverture, l'Exécuteur découvrit un couloir bétonné en forme de coude, une ampoule suspendue au plafond, une succession de portes en tôle peinte. Fermées. Identiques à celle fixée au dos du meuble classeur. Un leurre. Il releva les canons de ses armes, prêt à faire feu de nouveau. A brûler ses dernières cartouches. Plus personne. D'une seule détente, le Guerrier sauta dans le couloir, pivota sur lui-même, tira la fausse porte dans son dos, la claqua sur lui. Un son de gong, et le grondement du brasier se tut d'un coup. Hélas, une mince langue de feu avait eu le temps de passer sous le battant. Auto alimenté par la poussée du flot incandescent, un nouveau ruisseau de flammes se remit à courir aux pieds de Bolan, commençant à lécher le pantalon d'un des cadavres. Près de celui-ci, son arme. MAC 10. Et dans sa ceinture, deux chargeurs.

Un sursis.

Le Guerrier se pencha, arracha les chargeurs de la ceinture du mort. Un vide, un plein. Tous les sens aux aguets, il allait éjecter celui de son propre P.-M. pour le remplacer, quand une silhouette apparut au coude du couloir. Un type en jean et chemisette à carreaux, sans arme, portant des gants clairs et un masque blanc sur le bas du visage. Durant une seconde, le type parut hésiter, puis cria quelque chose en se rejetant en arrière. Aussitôt, et malgré les douleurs qui revenaient tarauder son dos et son flanc, l'Exécuteur fonça. Tout en engageant le nouveau chargeur dans son MAC 10, il arriva au coude du couloir et, s'accroupissant au ras du sol, il risqua un œil dans le virage. Instantanément, une longue rafale éclata, et une grêle d'ogives vint frapper l'angle du mur. Un mètre au-dessus de sa tête. Exactement où un mauvais combattant aurait pu se trouver. Une astuce qui trompa le tireur, un costaud en tricot de peau et en pantalon de treillis, lui aussi le front ceint d'un bandana. Un nerveux. Réalisant son erreur, dans un réflexe foudroyant et en lançant un cri à la cantonade, le rafaleur abaissa le canon de son arme… trop tard.

Stoppé net, une tache en plein front, la tête violemment ballottée en arrière, bouche ouverte sur la fin de son cri, 9 mm juste au-dessus du nez. Celle du Beretta de Bolan.

Déjà, l'Exécuteur s'était propulsé. Serrant les dents sous les morsures qui dévoraient sa chair, il arrivait sur le corps qui achevait de s'écrouler, quand la porte ouverte derrière celui-ci se referma soudain. D'un shoot fulgurant, il renvoya le battant de l'autre côté, perçut un cri étouffé, aperçut un poing brandissant un automatique. Repartant à l'assaut, son même pied fouetta l'air derechef, percutant le poignet armé à la volée, envoyant valser le pistolet. Simultanément, percutant la porte sur sa lancée, il atterrit dans un local éclairé a giorno, roulant au sol, bras tendus vers le haut, faisant cracher en même temps le Beretta et le MAC 10. Chapelets de 9 mm, qui déclenchèrent des cris, des plaintes, et des sons cristallins de verre brisé. Du coin de l'œil, Bolan avait aperçu plusieurs choses. Des sacs empilés, des caisses, des étagères chargées de boîtes et de matériels divers. Au fond du local, deux vagues silhouettes à demi masquées par une pile de cartons. Un costaud en veste mastic, un autre, plus mince, en ensemble de jean, coiffé d'une casquette identique. Affolé, le balèze hurlait dans un téléphone.

— *¡... es la mierda ! ¡ Es la mierda !*

Contre un mur, une longue table, supportant de gros emballages plastiques, divers instruments en métal et de verre. Installés devant, trois types en T-shirts, portant masques jetables et gants en latex, mouvements suspendus. Sauf un, qui tendait le bras vers un P.-M. posé sur une étagère. Dans la foulée, Bolan vit également ses balles faire éclater certains des emballages, soulevant de nuages de poudre.

Blanche.

Un labo clandestin ! Ici ! Aux limites de Little Havana !

Achevant sa chute en se redressant sur un genou, il lâcha une autre rafale. Très courte. Le laborantin en T-shirt empoignait juste le P.-M. quand les ogives lui firent exploser le cou, le maxillaire droit et une partie du front. Tué net, il s'écroulait contre la table, quand les deux autres réagirent enfin, essayant d'attraper à leur tour des choses que l'Exécuteur ne voyait pas. Ils n'en eurent pas le temps. Une nouvelle mini rafale les catapulta pêle-mêle l'un contre l'autre, envoyant des jets de sang sur les instruments et les emballages, maculant la poudre blanche de larges traînées rouges.

Au fond du local, il entendit le type au téléphone hurler encore :

— *¡ Puta de mierda !*

Au même instant, une partie des cartons s'écroula, découvrant fugitivement le pourri au téléphone. Athlétique, faciès brutal, regard fou, moustaches épaisses, chevelure brune à queue-de-cheval, vêtu d'une veste claire et brandissant un gros automatique. Dans son dos et en partie caché, son copain s'échinait à essayer d'ouvrir une porte jusqu'alors masquée par les cartons. Grimaçant de rage, le type hurla encore :

— *¡ Maricon de…*

La suite se perdit dans le fracas des coups de feu. Plongeant à terre, le Guerrier entendit les balles ricocher non loin de lui. Simultanément, il avait redressé le canon du MAC 10, et appuyé sur la détente. Mini rafale, suivie d'un hurlement de douleur et de rage. Déséquilibré, le reste de la pile de cartons s'écroula tel un château de cartes, découvrant le tireur, dont la veste claire était pleine de sang. Durant une demi-seconde, le Guerrier crut devoir essuyer d'autres tirs, mais, alors qu'il roulait sur lui-même sous l'abri de la longue table, le costaud pivota brusquement sur ses pieds, attrapa son acolyte par la nuque. Se plaquant brutalement à lui et s'en servant de bouclier, il lui enfonça le canon de l'automatique dans l'oreille. Dans le mouvement, la casquette de l'autre bascula de côté et tomba, libérant un casque de cheveux mi-longs et bouclés, d'un beau blond vénitien.

Une femme !

Jeune, visage crispé, regard figé par la peur.

CHAPITRE IV

Seule, une rumeur lointaine parvenait aux oreilles de l'Exécuteur. Bruit de fond sourd et à peine audible, grondement ténu, vaguement frémissant, qui ressemblait à celui d'un volcan très éloigné. Au fond du local empesté d'odeur de cordite et embrumé de poudre en suspension, tout semblait figé pour l'éternité. Simple impression. Blessé, le costaud à la queue-de-cheval semblait souffrir énormément, et, à présent, le Guerrier percevait l'espèce de halètement qui passait entre ses lèvres crispées. De sous la grande table où il avait roulé, l'Exécuteur n'avait plus qu'un angle de vue très partiel de la scène, mais suffisant en l'occurrence. Contre le buste ensanglanté du pourri et lui servant de bouclier, le mince corps immobile ressemblait à une statue habillée de jean. Hormis le regard. Des yeux clairs, apparemment gris-bleu, qui fixaient l'emplacement supposé où se trouvait Bolan, comme pour tenter d'y déchiffrer un message. Regard angoissé, mais étrangement calme. Celui de quelqu'un que la peur n'empêche pas de penser. D'analyser.

Etonnant.

Un regard qui ne broncha pas, quand le balèze cracha à l'adresse du Guerrier :

— On va sortir, *maricon* !

Une voix essoufflée. Le stress, la douleur sans doute. Il saignait apparemment beaucoup, et sa face convulsée pâlissait à vue d'œil. Du fond de son refuge, l'Exécuteur n'avait plus toute sa liberté de mouvements. Coincé par la menace inattendue qui pesait sur la jeune inconnue, il envisageait de ramper vers l'autre extrémité de la table pour tenter de préparer un effet de surprise, quand la voix essoufflée envoya encore :

— Si tu bouges, *maricon*, si tu pointes seulement ton sale pif de minable flic à la lumière, je la bute !

Flic !

Ce type prenait Bolan pour un flic ! Et en plus, il menaçait de tuer une des leurs pour couvrir sa sortie ! Quelque chose clochait.

Mais déjà, le pourri reprenait :

— Alors, connasse, tu vas l'ouvrir, cette putain de porte ?

Tout en se protégeant toujours derrière la fille, il agitait le canon de son calibre, cherchant sa cible du regard. C'est-à-dire Bolan. La fille bataillait toujours avec la clé, mais, visiblement, cette dernière refusait de tourner dans la serrure. Et le costaud s'énervait. De plus en plus pâle, il chaloupait légèrement, entraînant la fille dans le mouvement, mais entravant involontairement ses efforts, et s'énervant de plus belle. L'occasion attendue par le Guerrier.

Protégé de la lumière par le plateau de la table, il rabattit l'écran feuille du Smart devant son œil droit, roula une nouvelle fois au sol, et, tandis que la lutte contre la porte se poursuivait au fond du local, il releva le canon du MAC 10 et lâcha sa rafale. La dernière. La fin du chargeur. Le joker, les derniers jetons sur le tapis. Alors que, au plafond, les deux tubes fluos explosaient en même temps, il avait retourné le canon du Beretta en direction de la porte du fond. Sur l'image scintillante et verdâtre du mini écran, les deux silhouettes étroitement liées marquèrent un bref arrêt, avant que le balèze à queue-de-cheval ne crie d'une voix virant à l'aigu :

— T'as gagné, connard ! Tu as signé sa mort, à ta pute !

Parant à l'urgence et brandissant son pistolet, il propulsa son bouclier humain de côté, et, estimant pouvoir profiter de la soudaine obscurité, il se jeta sur la clé récalcitrante, tout en expédiant trois ogives vers le dessous de la longue table. Mais, à cette seconde, l'Exécuteur n'y était plus. Un genou à terre, l'œil droit fixe et le bras tendu, il avait lui aussi pressé la détente du 93-R.

Une seule fois.

Au fond du local, il y eut un cri sourd, très bref. La tête à la queue-de-cheval ballotta violemment de côté, envoyant contre la tôle de la porte d'épaisses traces étrangement luminescentes. Située à moins d'un mètre, adossée au mur et tétanisée, la jeune inconnue reçut à son tour divers débris ignobles en pleine face. Poussant un cri aigu, elle se jeta au sol, se protégeant instinctivement la tête avec les bras, alors que le corps du pourri achevait de s'écrouler contre le panneau en lâchant son téléphone. En deux bonds, et refoulant les volcans qui lui rongeaient la viande, le Guerrier arriva sur elle, la saisit par un bras, la redressa d'une détente en grondant :

— Du calme !

Sur le mini écran, il vit le regard dilaté de l'inconnue le chercher dans le noir. En vain. Glissant le Beretta dans sa ceinture et maintenant toujours fermement la jeune femme, il la palpa rapidement.

— *Eh ! It's O.K ! I'm not…*

Pas d'arme sur elle. En revanche, il allait bientôt en manquer lui-même, et le calibre du mort serait peut-être utile. Un Smith & Wesson 9 mm qu'il ramassa, avant d'empoigner la clé de la porte. Il dut forcer, cela grinça affreusement, mais le battant pivota et il risqua un regard dans l'ouverture. Un couloir sans lumière et personne à l'horizon. Arrachant la clé de la serrure, il tira l'inconnue sans ménagement en grondant :

— Il est mort. Venez !

Tandis qu'ils passaient la porte, il sentit la jeune femme se débattre sous sa poigne, tout en lâchant d'un ton sifflant :

— Hé ! Ça va, mec. Je suis flic !

— *¡Qué pasa !*

Derrière les verres fumés, les yeux noirs et glacés de Cristo s'étaient rétrécis à tel point qu'ils en parurent soudain presque bridés. En joueur de poker aguerri et à l'instar de son père, il ne montrait que très rarement ses sentiments. Mais ce qu'il entendait en ce moment dans son téléphone portable dépassait l'entendement. L'impression d'écouter la bande son d'un film sans en voir les images. Un film d'action avec cris et coups de feu. Beaucoup, mais lointains. Et puis tout près, dans son oreille, la voix de Sandrino. Son frère aîné. Une voix nerveuse, affolée.

— *¡ Puta ! Un puta de problema !*

Incrédule, Sastroso lança de nouveau dans l'appareil :

— *¡ Sandy ! Qué pasa ! Qué problema !*

— *¡ Creo que es… Mierda ! Los polis !*

Encore des cris. Une rafale. Tout près cette fois. Et des sons confus, d'autres cris et une autre rafale. Puis encore la voix de Sandrino :

— C'est la merde ! Je…

La suite se perdit dans une débauche de coups de feu. A faire mal à l'oreille. Et le silence. Pesant. Entrecoupé de sons étouffés, avant que la voix de Sandrino ne résonne de nouveau :

— On va sortir, *maricon* !

Un timbre essoufflé. Oppressé. D'autres sons étouffés, et encore Sandrino :

— Si tu bouges, *maricon*, si tu pointes seulement ton sale pif de minable flic à la lumière, je la bute !

C'étaient bien les flics ! Cristo serra les dents. C'était fatal. Leur père et lui l'avaient pourtant prévenu, Sandy, quand il s'était entiché de cette gonzesse dont ils ignoraient tout ! Si les flics débarquaient ce soir, c'était à cause d'elle. Une taupe. Forcément.

— Alors, connasse, tu vas l'ouvrir, cette putain de porte ?

De plus en plus altérée, la voix de Sandrino. On l'aurait dit épuisé. Pire. Blessé. Il avait dû écoper, cet imbécil…

— T'as gagné, connard ! Tu as signé sa mort, à ta pute !

Des bruits divers, des coups de feu, puis un cri, bref et sourd comme une exclamation de souffrance. Si près que Cristo eut l'impression de recevoir un coup au plexus. Cette fois, son frère venait d'encaisser vraiment. Il en eut confirmation dans les secondes suivantes, en percevant un bruit de course, puis une autre voix :

— Du calme !

Un timbre grave. Glacé. Encore suivie d'autres sons confus, puis :

— *Eh ! It's O.K ! I'm not…*

La voix de cette salope ! Cette putain de Gloria dont son frangin s'était…

— Il est mort. Venez !

Mort ! Sandy était mort !

Ponctuant la voix glacée de l'inconnu, un grincement métallique, un début de cavalcade, et, plus lointaine cette fois, presque inaudible mais nerveuse, encore la voix de Gloria :

— Hé ! Ça va, mec, je suis flic !

Flic ! La pouffiasse !

Ces *maricones* venaient de tuer son frère ! Il en était sûr, le ressentait au plus profond de lui. Comme une terrible morsure, comme si un fauve lui dévorait les boyaux. Dents serrées à les briser, il jura tout bas :

— *¡ Basura !* Ordure !

Cette salope de flic en jupons lui paierait ça ! Très cher ! Même s'il devait y laisser la peau à son tour. Chez les Sastroso, pas de dette impayée.

Jamais !

Devant ses baby-sitters et ses partenaires de poker incrédules, il coupa le contact, composa aussitôt un numéro.

Front plissé et regard dur, Jaime s'inquiéta :

— Un problème, patron ?

Eludant la question et désignant la table de jeu, il ordonna :

— Ramasse mon blé. On se tire.

Une fin de partie bien peu orthodoxe, qui aurait valu des ennuis à n'importe quel joueur lambda. Mais Cristo était tout sauf un joueur ordinaire, et, à la table, personne ne moufta, quand l'immense Jaime rafla le tas de dollars de son boss. Déjà, le cadet des Sastroso avait franchi la sortie de la boutique, et sauté à l'arrière du 4x4 X5 BMW stationné contre le trottoir. Patientant là depuis plus de deux heures et à demi endormi, Ramon, le chauffeur, sursauta, porta la main sous sa veste, se ravisa, l'air piteux.

— *¡ Perdone, patrón !* Je pensais à des trucs et…

Il fut coupé par l'arrivée en trombe du reste de la troupe, et l'héritier Sastroso lui lança d'un ton sec :

— Flagler ! Fonce !

Pour les hommes de Sastroso, Flagler signifiait précisément West Flagler. Une adresse de la famille. Le chauffeur connaissait. Loin d'ici, tout à l'ouest de la ville. Et ça avait l'air d'être urgent. Pendant que le 4x4 démarrait pour s'infiltrer dans la circulation encore dense de SW 4th Avenue, Cristo avait établi le contact avec son correspondant. Bref, il lança dans l'appareil :

— Rameute tes gars, Pablo ! Du grabuge à Flagler ! Prenez le Tahoe, et foncez !

Exit la voix de crooner latino. Un ton à glacer l'enfer. Il ajouta très vite :

— On file sur le secteur. Tiens-moi au courant.

Il raccrocha, considéra l'appareil, l'air d'hésiter, finit par l'empocher. Maintenant, le pire restait à venir. Annoncer la mort de Sandy à leur père. Mais pas par téléphone. Et plus tard. D'abord vérifier. Ensuite…

Hijos de putas !

CHAPITRE V

— Bingo !

Ça n'avait été qu'un souffle, mais au ton, Mack Bolan comprit que la jeune femme était soulagée d'émerger du noir complet. Une porte, une lueur.

Dès leur sortie dans le couloir et en l'absence de lumière, le Guerrier avait pris l'initiative. Refermant à clé la porte métallique du labo dans leur dos, il avait guidé la jeune femme jusqu'à une autre porte située au bout du boyau. Un battant métallique non verrouillé, derrière lequel personne ne les attendait, et où ils avaient débouché... dans un box de parking. Sans voiture, encombré de tout un fatras. Une remise, qui cachait en fait l'accès au fameux couloir, donc, au labo clandestin des sous-sols, ainsi qu'au dépôt du Latina Food Consortium. Dédale complexe et astucieux, ménageant deux issues en cas de problème d'un côté ou de l'autre. A peine avaient-ils débouché dans le box, et grâce à une lueur sourdant de l'extérieur, la jeune femme avait semblé reconnaître le lieu. Aussitôt, elle avait soufflé à l'adresse de Bolan :

— Chut !

En silence, elle avait enjambé un tas de vieux cartons, s'était glissée vers la porte basculante du local, y avait plaqué son oreille en lui faisant signe de se taire. Inutile, l'Exécuteur avait déjà entendu.

Une radio, en sourdine, quelque part à l'extérieur. S'approchant à son tour de la porte, il interrogea tout bas :

— Problème ?

La jeune femme hocha la tête.

— *Si.*

Puis se reprenant, elle ajouta en anglais :

— Les baby-sitters de ce salaud.

Bolan comprit qu'elle parlait de celui qu'il venait d'abattre, et elle ajouta, un ton encore plus bas :

— Dans la voiture. Ils attendent notre retour. Je veux dire, de Sandy et moi.

Sandy. Le Guerrier fit le rapprochement. Sandrino Sastroso. Un des deux fils du vieux *jefe* infirme, Juan Miguel du même nom. Il savait tout sur la famille et sur ses implications dans le trafic de dope, dont elle avait repris le business après son dernier blitz sur Little Havana[1]. Frappé d'hémiplégie quelque temps plus tôt et le cerveau à demi plombé, le vieux Juan Miguel avait dû passer la main au bénéfice de ses deux fils, dont les méthodes extrêmement brutales avaient vite convaincu les éventuels concurrents du secteur... et vivement ému les indics locaux du F.B.I., et d'un certain service du *Justice Department*. Surtout cet informateur, dont Hal Brognola tenait le renseignement concernant le fric du coffre-fort. Un indic nommé Fox, que l'Exécuteur était chargé de contacter par téléphone à l'issue de son blitz... pour lui verser sa part du magot. Au 697-3496. Un numéro qu'il ne risquait pas d'oublier, vu le prix : 100 000 dollars !

1. *Le blitz de Little Havana*, L'Exécuteur N° 233.

Un cinquième de la somme ! Plus 20 % de tout le cash supplémentaire qu'il pourrait rafler au cours de ce blitz.

Dans l'univers des indics, rien n'était gratuit. Mais c'était le deal, le Guerrier l'avait accepté, le *Justice Department* et Hal Brognola en étaient les garants, et il avait décidé d'entamer son blitz par ce hold-up sur le coffre-fort du Latina Food Consortium, propriété en sous-main des Sastroso. D'expérience, il savait combien les fonds mafieux disparaissent en général très vite, dès la première alerte. Simplement, l'existence de ce labo clandestin étant passée sous silence de la part de l'indic de Brognola, il ne s'était pas attendu à un tel comité d'accueil. Résultat, du plomb dans le dos. Il souffrait à présent le martyre, et avait hâte d'en finir.

S'approchant de la jeune femme, il souffla :

— Combien ?

Occupée à essayer d'apercevoir quelque chose par un mince interstice dans la tôle, elle répondit :

— *Dos*. Euh... *two*.

Décidément, entre l'anglais et l'espagnol, son cœur semblait balancer. Mais, en clair, ça voulait dire qu'il y avait deux porte-flingues à l'extérieur de ce box. L'œil toujours rivé à la porte métallique, elle ajouta, plus bas encore :

— Avec la Mercedes de Sandrino, stationnée tout de suite à droite en sortant. On ne la voit pas d'ici, mais je le sais. On est venu ensemble.

Le Guerrier commençait à se faire une idée sur les rapports entre Sandrino Sastroso et cette fliquette, mais pour le moment...

— Donnez-moi une arme, intima la jeune femme à

mi-voix en tendant la main derrière elle. Avec moi, ils ne se méfieront pas et…

— Pas question.

L'ex-sergent Miséricorde n'avait jamais laissé prendre à une femme les risques à sa place. Question d'éthique. Certes, les autres allaient sûrement réagir dès son apparition, mais il bénéficiait de trois avantages. L'effet de surprise, et trois alliés. Messieurs Beretta, Smith et Wesson. Alors qu'il repoussait la jeune femme de côté, elle fit volte-face en protestant :

— Vous êtes ding…

Elle se tut brusquement, et sur l'écran feuille, l'Exécuteur vit ses yeux s'agrandir de surprise. Pour la première fois et dans la pénombre, elle découvrait l'existence de ce qu'elle n'avait sans doute pas remarqué plus tôt dans le feu de l'action. Le Smart. Peut-être en comprit-elle tout de suite l'utilité, car elle grommela :

— Je vois.

— La Mercedes, pressa Bolan, elle est blindée ?

L'observant toujours avec curiosité, son interlocutrice hésita :

— Je… enfin…

— *Yes, or no !*

Elle secoua la tête.

— Non… non. Mais vous…

— Sûre ?

— Oh, ça va ! Oui, j'en suis sûre ! Je sais reconnaître une voiture blindée !

Ne restait plus qu'à espérer qu'elle ait raison. Dans le cas contraire, les deux pistolets ne seraient guère utiles à Bolan. Déposant sur les cartons le MAC 10 vide, il empoigna le S&W, en vérifia le chargeur. Plein aux deux tiers. Ça plus ce qui restait dans le Beretta…

— *¿ Le es, patrón ?*

La voix ! Là ! Juste derrière la porte !

Suivie d'un bruit métallique. Lugubre. L'armement d'une culasse.

— *¡ Puta de puta !*

Décidément ce soir, c'était la merde partout ! A cette heure, c'était la ruée dans Little Havana. Les bars, les restaurants, les touristes et toute la faune locale habituelle. Ces hordes de jeunes *yucas*[2], qui traînaient partout et ne respectaient plus rien ! A peine plus jeunes que Cristo, mais lui n'avait rien oublié de sa culture, ni des enseignements de son père. Et alors que la BMW faisait du sur-place, littéralement engluée dans la circulation de SW 7th Street, il songeait à ce dernier, rongé par la maladie. Si Sandy était bien mort, le vieux « *jefe* » allait en crever. Sûr et certain. Cristo deviendrait alors chef du clan. Le boss.

Avec toutes les emmerdes sur le dos !

Car, tout à l'heure, il avait bien entendu cette salope dans le téléphone…Une flic qui s'adressait à un collègue ! Donc, des flics, à l'intérieur du labo de Flagler ! Peut-être même aussi au Latina Food Consortium ! Et si la police s'emparait du contenu du coffre-fort ? S'ils ramassaient le fric et s'ils tombaient sur…

— *¡ Madre de… !*

Le putain de méga bordel !

Comment expliquer l'inexplicable ! Certes, le clan Sastroso avait peu ou prou réussi à se ménager des

2. *Yung, up-and-coming Cuban-Americans.* Cubains de la 2e génération.

« amitiés » dans la police locale, mais en cas de grosses emmerdes, ces amis-là se dégonflaient toujours. Surtout dans les affaires de dope et de cadavres. Alors, le Latina Food Consortium avait beau n'être qu'une société écran dans les statuts de laquelle le nom des Sastroso ne figurait pas, la présence de Sandy sur les lieux en même temps que celle de ces putains de *cops*...

— *¡ Mierda de mierda !*

Sentant son calme habituel fondre comme neige au soleil, l'héritier des Sastroso reprit son portable et frappa la touche bis d'un index un soupçon trop nerveux. Une sonnerie, un déclic :

— *¡ Si, patrón !*

Sur fond sonore de grondements de circulation. Refrénant l'angoisse qui commençait à le gagner, le jeune Sastroso s'impatienta :

— Alors ?

— On arrive bientôt, patron ! Trois minutes au plus !

A demi soulagé, le fils Sastroso insista :

— Fais le contact avec les autres. Je reste en ligne.

Ne restait plus qu'à attendre. L'oreille collée au téléphone dans cette putain de circulation !

Dans la pénombre du box, la voix et le sinistre bruit de culasse résonnaient encore, à la façon d'un glas. Derrière Bolan, la jeune femme avait sursauté, et, dans un mouvement réflexe, le Guerrier avait levé les canons de deux pistolets vers le panneau métallique. Le grain de sable. La poisse. Tout allait se jouer à la seconde.

— *¿ Patrón ?*

Voix tendue. Méfiante. L'Exécuteur n'avait plus le

choix. Coinçant le S&W entre ses dents, il saisissait la poignée d'ouverture, quand la jeune femme lança dans son dos :

— Ça va, Orlo ! Il arrive !

Petit coup de pouce inespéré.

Le Guerrier tourna la poignée, récupéra le S&W, accompagna le relevage du panneau en s'aidant du coude, et, tout en s'accroupissant, se retrouva face à deux jambes en pantalon. Dans le même temps, il risqua un œil dans l'ouverture, découvrit un vaste parking, avec tout près au premier plan, un buste en blouson, un bras qui s'abaissait, pointant le canon d'un P.-M. Dans la foulée, il avait relevé le canon du Beretta, pressé la détente, et l'arme tressauta dans son poing.

« Flop. »

Une seule fois, suivie d'un cri. Rauque et bref, mais qui résonna dans le silence à la manière d'un rugissement de fauve. Roulant au sol pendant que le flingueur s'écroulait front éclaté, l'Exécuteur émergea complètement du box, et en même temps que son regard découvrait un petit parking souterrain presque vide, il localisait la Mercedes, pointant déjà ses deux armes vers la portière gauche du véhicule. Vitre abaissée, chauffeur au volant. Il eut le temps de voir la face du type tournée dans sa direction, de deviner son haut-le-corps, et son geste plongeant pour saisir quelque chose à l'intérieur de la voiture. Alors qu'il enfonçait de nouveau la détente du 93-R, un hurlement mécanique fit trembler le béton des murs et les tôles des portes basculantes. Là-bas, tout au fond du parking, phares allumés et moteur mugissant, un véhicule débouchait d'une rampe d'accès.

Un énorme 4x4 noir, chromes étincelants.

Plein pot, pneus crissant sur le béton du sol dans un

concert assourdissant, le véhicule vira en hurlant de plus belle, et, mufle en avant, fonça vers la Mercedes. Aux portières, des canons d'armes apparaissaient déjà. Dans un élan de tout le corps, l'Exécuteur pivota sur lui-même, lâcha le Beretta, se jeta sur le P.-M. du flingueur abattu. M.P 5K. Il l'empoigna, le redressa pour pointer son canon vers le 4x4.

— Attention !

La voix de la fille. L'Exécuteur avait vu lui aussi. Le chauffeur de la Mercedes. Raté ? Blessé ? En tout cas, opérationnel, il venait de brandir une arme à la vitre de sa portière. Gros canon scié, calibre 12, fusil à pompe, armement sonore au bruit caractéristique. Bolan et lui tirèrent en même temps. La chance décida. Tirée de bas en haut, la mini rafale du 5K atteignit en partie le fusil exactement au moment où le pourri pressait sa détente. Propulsés vers le haut par les impacts, l'arme et le bras qui la tenait détournèrent le tir à l'ultime seconde, et les terribles chevrotines allèrent ricocher contre le plafond en béton, avant de s'égayer tous azimuts, loin derrière le Guerrier. Et, coup de chance, une ou deux des ogives du 5K étaient passées entre le bras et le fusil du chauffeur, lui faisant littéralement éclater tout un côté du cou. Fusant instantanément de la plaie, un jet sombre partit de côté, souillant le pare-brise et le montant de la portière, tandis que le fusil cascadait à l'extérieur de la voiture pendant que son propriétaire achevait de s'écrouler sur le siège du passager. Mais le gros 4x4 arrivait en trombe. C'était un Chevrolet Tahoe, un vrai char d'assaut. Dans un concert de pneus et de moteur au paroxysme, le véhicule freina à hauteur de la Mercedes. Dérapant sur le béton gras, il heurta l'arrière de cette dernière, rebondit, se retrouva légèrement de profil. Les canons de ses armes pointés sur Bolan. Heureusement pour celui-ci, déstabilisés par le choc, les nouveaux venus perdirent une petite seconde précieuse. Très précieuse, car la rafale avait jailli du P.-M. de l'Exécuteur, exactement à l'instant du choc. Une grêle oblique de guêpes furieuses, qui cisailla le bas de la portière avant du côté conducteur, et celle de l'arrière à hauteur des passagers. A l'avant, le chauffeur sursauta, s'affaissa contre son dossier, tandis qu'à l'arrière, des silhouettes s'agitaient en tous sens en hurlant. Mais alors que le Guerrier pressait de nouveau la détente du 5K pour achever le travail, des éclairs jaillirent de l'avant. Par-dessus le buste du chauffeur, son voisin prenait le relais. Des chocs résonnèrent tout près de Bolan, faisant sauter des éclats de ciment tout autour. Il roula du côté du cadavre au P.-M., mais, gêné par le sac à dos, il fut brusquement stoppé sur place, tandis que l'écran du Smart lui frappait l'œil dans le mouvement. Sous le choc, des éclairs fusèrent dans sa rétine droite. Une seconde aveuglé de ce côté, il envoya une autre rafale au jugé, perçut des cris, et, soudain, dans son poing, le P.-M. se tut.

« Clic. »

Chargeur vide.

En face, le pourri continuait d'arroser. D'instinct, Bolan pressa la détente du S&W. Trois fois. Tirs de couverture, histoire de s'aplatir à l'abri du cadavre, et de récupérer le Beretta.

Il était temps.

Décidément teigneux et précis, le pourri de l'avant du 4x4 avait corrigé sa visée. Des balles firent tressauter la carcasse du mort contre le Guerrier, et des projections tièdes lui fouettèrent la face. Du sang ou de la cervelle. Pas à lui. Au même instant, une autre giclée d'ogives vrombit autour de lui, un projectile siffla en tournoyant tout près de son crâne, et, alors qu'il récupérait enfin le Beretta, un choc violent l'atteignit en pleine tête.

Un coup terrible, puis plus rien…

CHAPITRE VI

— ¡ *Digame !* Allô !

Subitement, le silence dans le combiné.

— ¡ *Mierda !*

Le sous-sol ! Cristo n'avait pas pensé à ça. Dans la plupart des parkings en sous-sol, les téléphones portables n'étaient plus couverts. Moralité, Pablo et ses porte-flingues étaient arrivés à l'adresse, descendus au parking… et plus de contact possible avant qu'ils n'en remontent. De son côté, le X5 BMW n'était plus très loin, et si cette foutue circulation… Ne se résignant pas, Sastroso avait coupé, puis rallumé, et sollicité la touche bis du portable. Cela sonna, et, contre toute attente, une voix noyée dans les parasites répondit :

— *… atrón ! …Somos…*

La voix disparut, le fils Sastroso entendit nettement un moteur rugir, puis un coup sourd, et une voix lointaine…

— *¡ …uta de… !*

Puis subitement, une rafale ! Puis une autre… et une suite de bips.

Communication coupée !

Cette fois, Cristo resta la bouche ouverte, complètement

dépassé. Des rafales ! Les flics avaient envahi le sous-sol de Flagler et ils flinguaient ! Ils avaient tout découvert, y compris le corps de Sandy. C'était foutu. Ils allaient remonter la piste à la vitesse grand V. Dans moins d'une heure, ils seraient chez les Sastroso. A la villa de Kendall. Chez le père. Pendant un instant, Cristo faillit donner l'ordre de rebrousser chemin, de se ruer là-bas pour arracher son père avant le débarquement de la police. La famille possédait plusieurs planques, en Floride et ailleurs, propriétés de ses sociétés écrans. Facile de s'y faire oublier, le temps de se construire des alibis. Mais le pourri savait que, malade et vissé à son fauteuil roulant, le vieux *jefe* refuserait de bouger. Il lèverait sur son fils ce terrible regard glacé qui avait toujours fait baisser les yeux à tout le monde, et Eddie « Cristo » Sastroso céderait. Il resterait. Parce qu'il n'aurait jamais la force d'abandonner le vieux. Il attendrait les flics, et…

— Continue, intima-t-il alors au chauffeur du X5. Et trouve une place d'où on puisse voir l'entrée du parking.

Maintenant, il devait appeler son père et tout lui dire. Après, il surveillerait la sortie du parking de Flagler. Et si ce qu'il subodorait s'avérait, si cette pute de Gloria, si cette salope de flic s'en sortait vivante, il s'occuperait d'elle.

Ça, au moins, ce serait réglé !

C'était un puits noir et sans fond, pourtant Mack Bolan avait l'impression que sa chute s'y était arrêtée. Mieux, qu'il en remontait. Comme si une force mystérieuse l'avait attrapé par les pieds pour le hisser vers le haut. Puis il y eut les sons. Des cris, des grondements, des bruits de cavalcades. Et cette voix :

— *…reful !*

Une voix de femme.

Défilé d'images et de sons. Le Latina Food Consortium, le coffre-fort, l'enfer dans le sous-sol, le labo, Sandrino Sastroso, la fille blonde, le box, le parking et ce blitz pourri. Le tout en l'espace d'un éclair.

— *...reful !* Tenez ! Tenez !

Tenir quoi ?

Mack Bolan se sentit tiré par les pieds. Secoué. Puis quelque chose entra en contact avec sa paume gauche. Un objet froid, dur comme l'acier.

— *Quickly !*

La femme flic ! Affolée. Et cet objet qui forçait sa paume, qui s'y incrustait. Ses doigts qui le palpaient. Pur réflexe, et mémoire du toucher.

Grenade ! Une grenade défensive. D'instinct, les doigts de l'Exécuteur s'étaient refermés sur la « poire » glacée. D'instinct encore, son autre main était venue rejoindre l'objet, et son index s'était engagé dans l'anneau de la goupille. Tandis que son autre pouce retenait le levier déclencheur, il rouvrit les yeux, s'aperçut que le Smart n'était plus sur son front, que le Beretta, en revanche, était resté près de lui, et, dans le vacarme ambiant, sa vision encore floue retrouva la scène. La Mercedes, le gros 4x4 noir, avec une portière ouverte, des silhouettes à l'intérieur. Immobiles, avachies. Au bras de l'une d'elles pendant à l'extérieur, un P.-M. demeurait suspendu. Inerte. Mais, contournant l'arrière du véhicule, une autre silhouette était apparue, pointant une arme dans sa direction. Et un autre pourri à l'avant. Accroupie, planquée derrière le capot, P.-M. également pointé vers lui.

Et une rafale.

Juste à la seconde où la grenade au poing et ses sens revenus, le Guerrier arrachait la goupille et lâchait le déclencheur en glissant de côté. Dans le mouvement, serrant les dents sous la douleur, il avait levé son bras qui tenait la grenade, compté mentalement, et tandis qu'un chapelet d'ogives rasait le sol tout près de lui pour aller frapper une porte métallique située derrière, il balança la poire quadrillée au ras du sol.

Alors qu'une autre rafale revenait à la charge, l'Exécuteur avait récupéré le Beretta, s'était jeté en arrière, passant sous la porte basculante du box toujours à demi relevée, criant à l'adresse de la jeune femme :

— *Corridor !*

Tandis que, là-bas, sur le béton gras, la grenade roulait en oscillant vers sa cible, il se retrouva dans le box, se redressa, tira le panneau basculant vers le bas, plongea littéralement sur la fliquette, la propulsant dans le cadre sombre de la porte du fond qu'elle achevait d'ouvrir. Sous le choc, elle s'exclama :

— Hé…

Son cri fut à peine audible, dans le vacarme conjugué du battant métallique refermé par Bolan, et de la déflagration. Une explosion sourde, accompagnée de plusieurs chocs métalliques, qui fit trembler le mur et la porte du couloir. Rouvrant cette dernière à la volée et attrapant le bras de la jeune femme, le Guerrier l'entraîna de nouveau dans le box. A l'instant précis où il découvrait les orifices dans la tôle du panneau basculant provoqués par les éclats de grenade, il perçut une plainte lointaine, suivie d'un appel sans réponse, puis, subitement, une deuxième explosion secoua l'air confiné, accompagnée d'un puissant effet de souffle. Par les trous d'éclats et les interstices de la tôle, une lumière intense avait fulguré. Très révélatrice.

Exit le 4x4.

Refoulant la douleur, revenant à la charge, et alors que

des lumières d'incendie filtraient à l'intérieur du box, l'Exécuteur lâcha la jeune femme en criant à cause du grondement du brasier :

— Ne bougez pas !

Allant jusqu'au panneau basculant, il risqua un œil à l'extérieur, et un éclair passa dans son regard minéral. Au plafond, plus de lumière. Les fluos avaient éclaté. Sans importance, les flammes éclairaient tout, car en matière d'incendie de voiture, on faisait rarement mieux. Ou plutôt, de carcasse de voiture. Disloqué, portières soufflées, capot ouvert et plié, le 4x4 brûlait à présent si furieusement que les formes coincées à l'intérieur ressemblaient à d'énormes sarments consumés. A l'écart du véhicule, deux corps, dont un quasiment sans tête et vêtements fumants, et l'autre, privé d'un bras et abdomen vomissant ses viscères. Tout autour, il n'y avait plus âme qui vive. Il n'était pas question de traîner. Dans peu de temps, le parking serait invivable. Le feu, la police, les pompiers.

Soulevant le panneau, Beretta au poing et recevant la chaleur de l'incendie en pleine face, Bolan examina le parking. Plus un mouvement, hormis les enroulements de lourdes volutes de fumée noire qui rampaient au plafond, dégageant une odeur écœurante.

Les bronches dévastées, l'Exécuteur examina brièvement le sol, retrouva ce qu'il cherchait : le Smart. Devant la porte du box, répandu en petits morceaux, complètement éclaté. Son terrible choc à la tête, son étourdissement, c'était ça ! Une balle en pleine tête et déviée par le petit Caméscope qui lui avait sauvé la vie. Abandonnant les restes de l'appareil, il fit signe à la jeune femme en lui lançant :

— *Go !*

Puis, la tirant à sa suite, le Beretta couvrant l'espace, les poumons en feu et les vêtements déjà en train de fumer, il l'entraîna vers le débouché de la rampe d'accès. Mais, alors qu'ils allaient y parvenir, des phares trouèrent la pénombre dans sa partie supérieure. Une voiture.

Police ? Innocents particuliers ?

— Par-là ! cria la jeune femme en faisant changer Bolan d'itinéraire.

En direction d'un pictogramme vert situé sur leur droite, à peine discernable dans le rideau de fumée. Sortie de secours. Prêt à tout, index sur la queue de détente du 93-R, le Guerrier y arriva avant la jeune femme, envoya la porte d'un coup de pied contre le mur intérieur, découvrit un escalier, un bouton de minuterie qu'il actionna.

Si des pourris les attendaient quelque part, ce serait l'hallali. Pratiquement plus de cartouches dans le chargeur du Beretta. En haut de l'escalier, une porte coupe feu à barre d'ouverture. Assurant le pistolet dans son poing, l'Exécuteur poussa le battant, découvrit un hall d'immeuble plongé dans la pénombre. Au fond à droite, l'amorce d'un escalier, en face, une porte d'ascenseur en acier brossé, une batterie de boîtes aux lettres et, à gauche, une double porte en glace donnant sur la rue.

Flagler Street, avec sa circulation, sa rumeur sourde, et ses trottoirs où des passants commençaient à s'agglutiner, en regardant tous dans la même direction : l'entrée du parking de l'immeuble.

Dans le hall, pas d'autre issue en vue. A cet instant, tout en examinant la situation, Mack Bolan se demandait ce qu'il allait faire de cette fliquette devenue très encombrante, quand, par-dessus la rumeur extérieure, les sons qu'il redoutait éclatèrent soudain.

Des sirènes ! Tout près !

Des clameurs s'élevèrent dans la rue, des coups de klaxons, et, brusquement, à deux mètres de Bolan, les panneaux d'accès à l'ascenseur s'ouvrirent, déversant une lumière blanche dans le hall. D'instinct, le Guerrier avait aussitôt fait disparaître son arme dans son dos. Rien qu'une bande de jeunes. Shorts et T-shirts, allures baba. Apparemment éméchés. Une des filles jouait avec des serpentins en pouffant de rire, tandis qu'un de ses copains lui envoyait des poignées de confettis dans le décolleté. Avisant le couple immobile, sa voisine se mit à rire à son tour, et piochant dans le sachet de confettis, elle en envoya une dose à la volée. Pendant que Bolan s'époussetait, un des autres gars, intrigué par ce qui se passait dehors l'interpella :

— Qu'est-ce qui se passe ?

Rogue, le Guerrier renvoya sobrement :

— Le feu.

— Super ! ricana le jeune.

Et, dans une envolée de serpentins, tout le groupe se précipita dehors pour profiter du spectacle. Au même moment, et alors que Bolan s'apprêtait à suivre le mouvement, une lumière crue inonda le hall, tandis que des rires résonnaient brusquement dans l'escalier. Une autre bande de jeunes, tout aussi allumés, trop nombreux pour avoir pu prendre l'ascenseur avec les autres. Ceux-là rejoignaient les premiers à la sortie de l'immeuble, quand des silhouettes brusquement apparues les bousculèrent pour se ruer dans le hall.

Pompiers.

Outillés comme les sapeurs qu'ils étaient, dont deux transportant de gros extincteurs. Prenant l'initiative et indiquant la porte d'accès au parking, Bolan les renseigna :

— Par là…

Tandis que les soldats du feu se précipitaient, et profitant de la confusion, l'Exécuteur abandonnait sa compagne de hasard pour marcher vers la sortie, quand un mouvement de foule se produisit à l'entrée de l'immeuble. Dans la seconde suivante, et avant que le Guerrier n'ait eu le temps d'esquisser la moindre tentative de fuite, une horde de flics déferlait dans le hall. Flingue aux poing, avec à leur tête un colosse rouquin et en civil qui aboya :

— Personne ne bouge !

Bolan sentit son poignet droit brusquement saisi, tandis qu'à son oreille, la voix de la femme flic lui soufflait :

— Ça, ce n'est pas bon pour vous, monsieur Bolan ! Pas bon du tout !

CHAPITRE VII

La fliquette l'avait appelé par son nom ! Elle l'avait reconnu ! La phrase résonnait à l'oreille de Mack Bolan, et il sentait toujours le souffle tiède dans sa nuque, quand le colossal flic roux en civil tonitrua de nouveau en fonçant sur eux :

— Surprise !

Il n'était plus qu'à trois ou quatre mètres, et d'un mouvement du bras que l'Exécuteur connaissait bien, il venait de balancer le bas de sa veste de côté, pour envoyer sa dextre vers sa ceinture. Vers son holster. Au même instant, le Guerrier sentit la fliquette essayer d'arracher le Beretta de son poing. En vain. Car, pour lui, pas question de se laisser prendre. Ne pas tirer sur des flics, certes, mais de là à se rendre comme un mouton à l'abattoir... Deux options s'offraient à lui. Prendre la femme flic en otage, et tenter la belle... Non. En fait, une seule option. La deuxième. Car l'Exécuteur ne prenait pas d'otage.

Avec tous ces flics armés comme des porte-avions, aucune chance de filer. Cette fois, Mack Bolan devait se rendre. Il était arrivé au bout du voyage. Il s'y était préparé de longue date, et, finalement, il n'en éprouvait aucune amertume.

Ce soir, l'Exécuteur achèverait donc ici ce parcours semé de cadavres et inondé de sang. La justice légale passerait. Alors, autant en finir tout de suite.

— Donnez-moi ça ! Vite !

La voix de la femme flic avait résonné à l'oreille de Bolan de manière étrange. Aucune trace de menace. Comme une espèce de confidence, quasi complice.

— *Shit ! Quickly !*

Près de son oreille, la voix frémissait d'angoisse. Alors, d'un coup, les doigts de Bolan qui retenaient le 93-R s'ouvrirent, et alors que l'arme quittait sa main, il eut l'impression de percevoir un soupir. Puis, aussitôt, l'exclamation de la jeune femme :

— Hello, Sam !

Simultanément, elle était passée devant Bolan, secouant les confettis de ses cheveux des deux mains. Le Beretta avait disparu. Sans doute sous son blouson en jean. Précédant la horde de *cops* en uniforme, le colosse en civil fonça sur elle, ses gros sourcils froncés. S'arrêtant devant elle, il aboya :

— Qu'est-ce que tu glandes ici, toi ?

— *Hi, lieutenant ! Nice to see...*

— Je te demande ce que tu fous ici !

Il y avait plus aimable. Un ricanement perlé lui répondit :

— Ben... tu vois, je secoue mes confettis.

— Te fous pas de ma tronche, Eva !

Bon. La jeune fliquette ne s'appelait pas Gloria, mais Eva. Et en plus, elle savait qui il était. Décidément, l'initiative n'était guère du côté de Bolan. Tandis que les hommes en uniforme se dispersaient entre l'accès au sous-sol et les étages, le colosse gronda :

— *Of course* ! Des rafales de P.-M., des explosions,

un incendie, et toi, t'es justement ici pour secouer tes confettis !

— Ça va, Big Sam ! renvoya la nommée Eva d'un ton conciliant. Tu vois bien qu'on sort tout juste d'une petite sauterie ! En fait, c'est à cause de tout ce cirque, qu'on est descendu. Tu me connais. Ce genre de truc, ça m'excite.

— Et lui, c'est qui ?

Lui, c'était Bolan. Nouveau petit rire de la jeune femme. Entourant la taille du Guerrier d'un bras possessif, elle renvoya :

— Tu ne vas pas te mettre à être jaloux après si longtemps, Big Sam !

Le ton utilisé insinuait clairement des relations très étroites entre elle et l'Exécuteur. L'allusion de sa fin de phrase également, mais avec le Big Sam en question. On nageait dans les sentiments. Suspicieux, ce dernier dardait à présent ses yeux d'un bleu vif sur le Guerrier. Un examen peu amène, qui allait forcément déboucher sur une catastrophe. Toutes ces traces de brûlures sur lui, ses blessures dans le dos, celle de son front occasionnée par l'éclatement du Smart...

— Lieutenant !

Un appel venant de l'accès au sous-sol.

— *Yeah* ! aboya le rouquin. *What is...*

Une explosion lui coupa la parole. Sourde, provenant des profondeurs de l'immeuble, et qui fit frémir les murs du hall, hurler le groupe de jeunes fêtards, et rouvrir à la volée la porte d'accès au sous-sol. Un souffle brûlant, plein de fumée noire. D'un coup, toutes les lumières s'éteignirent, et des débris se mirent à tomber du plafond, augmentant la panique chez les jeunos. Dans la pénombre pleine de poussière, le colossal lieutenant se mit à tousser et beugla :

— *Son of a…*

Le reste se perdit dans un accès de toux, tandis qu'il arrachait son arme de son holster. Se ruant vers la porte à demi arrachée de ses gonds, il hurla de plus belle :

— *Shit, shit, shit !*

Il avait raison, en bas, ça semblait se compliquer. Pour l'Exécuteur, c'était plutôt le contraire. Le salut. La sortie, à quatre mètres de là. A condition de partir seul. Même si la nommée Eva lui avait sauvé la mise, même s'il en ignorait la raison. C'était quand même un flic. Le genre d'allié qu'il préférait éviter. Profitant de la panique, il arrivait déjà à la porte du hall, quand une poigne l'agrippa par son sac à dos.

— Hé ! Tu ne m'oublierais pas un peu, *Boyfriend* ?

Question discrétion, c'était raté. Profitant néanmoins de la sortie sur leurs talons du groupe de jeunes fêtards et de la bousculade, Bolan se plaqua à la jeune femme. D'un geste à la fois coulé et terriblement vif, il passa sa main sous le dos du blouson en jean. Le Beretta était bien là. Du coin des lèvres, il déclara :

— *Sorry*. Souvenir de jeunesse.

Tel un prestidigitateur, il avait déjà récupéré l'arme, l'avait fait disparaître sous son propre blouson. Esquissant un mouvement de défense trop tardif et visiblement vexée, la jeune femme gronda d'une voix persifleuse :

— Et ingrat, avec ça !

Sans relever, il la poussa dehors et, dans la cacophonie des sirènes, des appels entre flics et pompiers, des cris de la foule et des Klaxons de l'embouteillage naissant, la jeune femme s'accrocha de nouveau à son sac en lui criant dans l'oreille sur le même ton acide :

— T'inquiète. Juste un *deal* à régler. Après, on se connaît plus.

Un *deal* ! Avec un flic ! Fendant la foule, la blonde Eva questionna :

— T'es motorisé, l'ami ?

Malgré son ton redevenu presque serein, elle n'arrêtait pas de lancer des regards inquiets autour d'eux. Sondant l'environnement d'un coup d'œil prudent, Bolan renvoya :

— Il en reste d'autres ?

Inutile de préciser quels autres. La jeune femme secoua la tête :

— Cristo a forcément été prévenu. S'il n'est pas encore dans le secteur, ça ne devrait plus tarder. Je le connais.

Elle parlait forcément de Eddie « Cristo » Sastroso, le fils du vieux Juan Miguel. De plus en plus intrigué par cette fille et par ce qu'elle semblait savoir, y compris sur lui, le Guerrier fit valoir :

— S'il est par là, il ne va pas se montrer.

Avec tous ces flics qui débarquaient...

— Tu es motorisé ?

— Affirmatif.

Obligeant la nommée Eva à lâcher son sac à dos, il lui saisit le bras pour l'entraîner à sa suite. Alors qu'ils s'éloignaient de la zone critique et qu'ils se mêlaient à un mouvement de foule pour franchir le dernier cordon de police, Bolan ne put s'empêcher de questionner :

— Tu es vraiment flic ?

— Les confidences, ce sera pour plus tard, Mack. Une fois à l'abri.

A sa mine, elle n'en dirait pas plus pour le moment. Même sous la torture.

— *¡ Mierda !*

Malgré son calme ostentatoire, Eddie « Cristo » Sastroso

sentait son légendaire self-control se fissurer sournoisement. Ils arrivaient trop tard. Le secteur était bouclé, et d'autres sirènes annonçaient de nouveaux arrivages. De l'endroit où ils avaient garé le X5 sur Flagler, ils n'apercevaient qu'à peine la sortie du parking. Avec tous ces flics et les fourgons des pompiers, impossible d'approcher davantage. C'était inutile, d'ailleurs. Le silence du portable de Carlo, et la fumée qui sortait par la rampe du parking résumaient clairement la situation. La Mercedes de Sandy et le 4x4 Chevrolet étaient tous deux piégés dans ce putain de sous-sol.

Quant à leurs occupants...

Il songeait à cette salope de Gloria. Gloria Colón. Sûrement pas sa véritable identité. Ils avaient pourtant vu ses papiers. Trois mois de liaison entre cette pute et Sandy, ils avaient eu le temps de vérifier son pedigree ! Rien trouvé de louche. La *balsera* classique. Emigrante clandestine, arrivée par mer sur un de ces radeaux faits de planches et de chambres à air, échouée en Floride trois ans plus tôt. Grâce à ses contacts à Cuba, Cristo avait même vérifié que ses parents restés sur place existaient bel et bien.

Et cette pute n'était qu'une flic !

Il s'était fait niquer comme un gamin !

A la simple évocation de ces contacts cubains, les nerfs de l'héritier Sastroso étaient près de craquer. Des *amigos* très précieux. Grâce à eux, le clan Sastroso contrôlait tout le trafic clandestin des cigares en provenance de Cuba. *Los verdaderos Havanas*, très chers sur les marchés parallèles américains. Une grosse combine, montée par Juan Miguel et qui pouvait prêter à sourire, mais représentait beaucoup de fric. Et sans danger. Seulement, les *amigos* de La Havane étaient très susceptibles. En cas de problème, ils seraient affreusement mécontents. Non à cause de la mort de Sandy, mais en apprenant ce que la police avait trouvé dans le coffre du Latina Food Consortium… et qui n'avait rien à voir avec le tabac. Or, la découverte était sans doute déjà faite. Pour le fric, les Cubains s'en foutraient. Pas concernés. Par contre, pour cette connerie de putain de D.V.D…

— Hé ! *Patrón !*

Arraché à ses sombres pensées, Cristo leva les yeux.

— *¡ Patrón !* répéta près de lui le chauffeur d'une voix excitée. *¡ Aquí ! La chica !*

Incrédule, Eddie « Cristo » Sastroso tourna la tête, et son rythme cardiaque s'accéléra brusquement. Ramon avait vu juste.

Cette pute de Gloria ! Là-bas ! Au milieu de la foule !

CHAPITRE VIII

— Elle n'est pas seule !

— Quoi ?

La question avait jailli venant du siège arrière du X5. Jaime « Toro » Toja, le colosse au crâne rasé, le chef des baby-sitters de Cristo. Sans se retourner, sans quitter des yeux non plus la chevelure blonde qui circulait dans la foule sur le trottoir d'en face, le fils Sastroso répéta :

— Elle n'est pas seule.

Un des deux autres porte-flingues crut bon interroger :

— La fille ?

— *Si*, répondit Jaime, qui venait de suivre le regard de son boss en direction du trottoir d'en face.

Cristo ajouta très vite :

— Elle est avec un mec. Le grand, là, avec le sac à dos !

— Vu, fit sobrement Jaime.

Les deux autres porte-flingues s'exclamèrent avec un bel ensemble :

— *¡ Ah, si !*

Cristo les aurait tués. Pendant qu'ils palabraient, il continuait d'observer les deux silhouettes. Au milieu d'un groupe de jeunes qui s'égaya très vite, il vit Gloria et le grand type au sac à dos fendre la foule, s'écarter brusquement pour laisser passer une escouade de flics, puis s'éloigner subrepticement. Très vite. Comme des passants lambdas soucieux de fuir un lieu dangereux. En direction contraire de leur sens de circulation !

— *¡ Mierda !*

Le temps de s'extraire de ce merdier, Gloria et le mec auraient disparu ! Lèvres serrées, s'adressant aux deux hommes de Toro, Eddie Sastroso cingla :

— Vous deux, collez les silencieux à vos calibres, et prenez ces deux-là en filoche !

On était samedi soir, et, dans cette foule, une filature passerait inaperçue. Pressé, il ajouta :

— Et à la première occasion, vous…

— A pied ? coupa le plus râblé des deux.

— *¡No ! ¡Sobre las manos, imbécil !* Non ! Sur les mains, abruti !

Réalisant enfin, les deux flingueurs acquiescèrent, sortirent leurs pistolets, et, pendant qu'ils y vissaient les réducteurs de son, Sastroso ordonna cette fois à l'immense Jaime :

— Toi, tu t'équipes idem, et tu suis tout le monde… à pied aussi, gronda-t-il à l'adresse de Scala, l'autre imbécile assis à l'arrière. Et tu les couvres en cas de bordel. Mais d'assez loin. Discret. Jusqu'à la première occasion.

Jaime « Toro » Toja tiqua en regardant les deux autres fixer leurs silencieux :

— La première occasion de quoi, *patrón* ?

— Qu'est-ce que tu crois ! jeta sèchement Cristo, je te demande pas de les prendre en photo !

Froncement de sourcils du colosse.

— Ben… c'est-à-dire que buter une flic…

— Pas une flic, coupa l'héritier Sastroso d'un ton glacé. Je sais pas pourquoi j'ai entendu au téléphone qu'elle disait ça, mais c'est pas une flic. J'en donnerais ma main à couper. Et le mec non plus.

Son opinion était faite. Des flics, ça ne s'enfuyait pas d'un bordel comme celui-là en évitant soigneusement les forces de police présentes sur place.

— Tâchez que ça se passe loin des poulets, recommanda Sastroso sur le même ton. Et surtout, les laissez pas se tirer. S'ils montent dans une bagnole, précisa-t-il à l'adresse du colosse, tu les stoppes. Définitivement.

— *Vale*, répondit Jaime « Toro » Toja qui semblait enfin avoir tout assimilé.

— Et tu te démerdes comme tu veux, acheva le jeune boss, mais tu récupères le sac à dos du mec.

A son expression, le *jefe* de ses *assassinos* montra en revanche qu'il ne saisissait pas cette histoire de sac à dos. Mais pas le temps d'expliquer. Eddie « Cristo » Sastroso insista :

— Tu reviens pas sans ce putain de sac. Vu ?

— *¡Si ! ¡Si, patrón !*

— Ensuite, vous vous fondez dans la nature, et tu me dis où vous êtes. Si on peut, on vous reprend au passage. Sinon, vous rentrez par vos propres moyens.

— *Vale.*

— Et maintenant, ouvre ton portable, et appelle-moi. Je veux tout suivre en direct.

Après une brève hésitation, le *jefe* opina en sortant un téléphone de sa poche.

— *Vale, patrón. Vale.*

D'un geste péremptoire, Cristo congédia le trio. Il était temps. Alors que ses gars se fondaient dans la cohue, deux flics en uniforme remontaient à pied en direction du 4x4, tâchant de débloquer la circulation, et l'air d'inspecter les véhicules en stationnement. Derrière son volant, Ramon, le chauffeur, s'inquiéta :

— Qu'est-ce qu'on fait, *patrón* ?

— On bouge. Essaye de faire le tour.

Par NW 19 th Avenue, ils pourraient peut-être sortir du secteur, et reprendre les gars une fois le boulot fait.

Et surtout, récupérer ce putain de sac à dos !

Mais tandis que le gros BMW s'ébranlait, Cristo angoissait. Il avait beau se concentrer sur l'opération, il songeait à la mort de Sandy, et au regard que lèverait sur lui le vieux Juan Miguel Sastroso, quand il lui annoncerait le drame. Surtout si le contenu du coffre de la Latina disparaissait. Un regard de glace, dur et pénétrant, qui affolait encore ses ennemis aujourd'hui, et qui impressionnait toujours son cadet. Un regard qui cette fois serait chargé de reproches. Lourds, ineffaçables. Parce qu'il n'avait pas su empêcher la mort de Sandy. Sûr qu'après ça, le vieux casserait sa pipe. Le cœur. Car, contrairement à ce qu'on pouvait penser, Juan Miguel Sastroso en avait un. Différent des autres. Cristo s'en doutait. Le subodorait seulement. En fait, une seule personne pouvait le savoir. La seule capable de supporter ce regard de banquise sans ciller : Fernando.

— *¡ Desde luego !*

L'évidence avait fait parler Cristo à haute voix. Fernando « Espíritu » Errera ! Comment n'y avait-il pas songé tout de suite ! La solution était là ! Bien sûr ! Du moins, provisoirement. Tandis que le 4x4 s'insinuait dans la circulation, le chauffeur leva les yeux vers son rétro.

— *¿ Perdón ?*

— *Nada*, éluda le jeune boss. Roule.

A cet instant, son portable sonna. Il décrocha, entendit la voix de Toro déclarer sur fond sonore de circulation :

— C'est moi, *patrón*. Tout baigne. On les a dans le collimateur.

— *Bueno*, renvoya le jeune boss. Reste en ligne.

Simultanément, il avait éloigné le portable de son oreille, en avait sorti un deuxième de sa poche, et lancé dans le micro de l'appareil :

— *Casa.*

— *¿ Diga ?*

— C'est moi, Fernando. On a un problème.

Plus que les mots, ce fut le ton du cadet de la famille Sastroso qui inquiéta Fernando « Espíritu » Errera. *Consejero* de Juan Miguel Sastroso depuis des décennies, il avait appris à déceler le moindre signal d'alarme dans les phrases les plus banales de ses interlocuteurs. Or, la dernière prononcée par Cristo n'avait rien de banal.

Déjà, Cristo enchaînait dans le téléphone :

— Un vrai problème. Sandy a été tué, et les flics vont débarquer à la maison.

Sandy ! Sandy mort !

Le conseiller de Juan Miguel Sastroso avait l'impression de cauchemarder tout éveillé.

— *¡ Qué pasa, Fernando !*

Une voix rêche, un ton impatient. Dans le petit salon voisin, Juan Miguel Sastroso s'agaçait. Il avait horreur d'être dérangé pendant leurs sacro-saintes parties d'échecs.

— *¡ Fernando ! ¿ Quién es ?*

Pour la première fois de sa longue pratique au sein du clan Sastroso, le *consejero* ne savait que répondre. Complètement tétanisé, il n'arrivait pas à réaliser.

D'expérience, il savait ce que ce genre de nouvelle évoquait dans l'univers où il évoluait. A l'âge de Sandy, une mort n'y était que très rarement naturelle. Rarement aussi le fait d'un simple accident. Surtout quand on savait quel genre d'affaires traitaient les fils Sastroso depuis l'accident vasculaire de Juan Miguel. *La droga*. Un trafic dans lequel leur père avait très longtemps refusé de tremper. Non par sens moral, mais parce que c'était trop cher payé… en années de tôle. Seulement, il y avait Cristo, sa folie du fric, de la puissance et son sentiment d'invulnérabilité.

— *¡ Fernando ! ¿ Me oyes ?*

De nouveau, la voix de Cristo dans le combiné. Le *consejero* se secoua. Se massant la face comme pour en extirper une grande fatigue, il répondit :

— *Sí, Eddie. Te escucho.*

D'une voix si enrouée qu'il s'entendit à peine lui-même.

— Fernando ! Qu'est-ce qui se passe, bon sang !

Juan Miguel Sastroso s'impatientait.

— Un instant ! J'arrive !

Il n'avait trouvé que ça. Complètement désemparé. A peine s'il entendait à présent Cristo jeter dans le téléphone :

— …flics ont débarqué à Flagler. Trouvé le labo. Peut-être pire. Ils ont descendu Sandy. A cause de cette pute de Gloria. Une flic ! C'est le bordel total !

— Eddie ! souffla tout bas le *consejero*. Garde ton calme et…

— …barque tout de suite le père dans le fourgon, coupa le fils de Sastroso. Et allez vous mettre au vert où tu sais. De toute urgence !

Le fourgon Mercedes aménagé pour le fauteuil roulant. *Au vert. Où tu sais…* Une petite propriété, du côté de Fort Lauderdale. Un truc discret, loin de la ville, enfoui sous la végétation, acquis par le clan par le biais de ses sociétés écran, justement pour un cas de ce genre.

Fernando Errera reprenait peu à peu ses esprits.

— *Vale, vale, Eddie. De acuerdo, pero…*

— Pour Sandy, coupa encore Cristo dans l'appareil, essaie de ne pas lui dire tout de suite. Attends d'être arrivé là-bas.

— *Si, si. Pero…*

— Faut que je raccroche. En cas de problème, appelle-moi sur le Nokia.

Son deuxième portable.

— *¡ Vale, Eddie ! Pero, cuidado con ti !*

Dans l'écouteur, il y eut un déclic. Cristo avait coupé, et, soudain, le vieux *consejero* se retrouva seul. Seul comme il ne l'avait jamais été. Parce que, maintenant ou plus tard, il faudrait bien annoncer la mort de Sandy à son père.

Sandy, son fils préféré.

Et qu'il faudrait affronter le regard de Juan Miguel Sastroso. Un regard qui ne broncherait sûrement pas, mais au fond duquel Fernando « Espíritu » Errera verrait forcément passer ce qu'il n'y avait jamais vu jusqu'alors : le chagrin. Et une immense lassitude.

Et Fernando Errera détesterait ça. Parce que Juan Miguel était son ami. Son *seul* ami. Parce qu'ils étaient du même âge, et qu'il lui devait la vie. Le vieux mafieux était aussi celui qui lui avait donné ce pseudo ridicule de « Espíritu ». Sans doute à cause de ce qu'il appelait sa cervelle de mammouth.

N'importe quoi !

Un surnom pourtant largement justifié. Juriste de formation, érudit notoire, doté d'une intelligence hors pair et brillant *abogado* d'affaires, Errera aurait pu faire une grande carrière internationale, mais le sort en avait décidé autrement. Des années plus tôt, un petit chef de clan avait lancé un contrat sur sa tête, sous prétexte qu'il n'avait pu lui éviter quelques ennuis avec le fisc américain. Rival de ce petit boss, et lui aussi client de Errera, Juan Miguel Sastroso alors en pleine ascension, et surtout, beaucoup plus expéditif, avait réglé le problème. A sa manière.

Trois balles dans la tête.

Depuis, entièrement attaché à son service en tant que *consejero*, l'ex-avocat lui était dévoué corps et âme. Capable de se faire tuer pour lui, mais traité d'égal à égal par le vieux *jefe*. Au fil du temps, une véritable amitié s'était nouée entre les deux hommes, et l'attaque cérébrale du *patrón* avait encore renforcé leurs liens. Depuis, outre son activité de conseil, Fernando « Espíritu » Errera s'occupait également de la qualité de vie de *son* malade, discutant du « bon vieux temps », jouant aux échecs avec lui, le promenant dans le parc de la villa familiale de Kendall, surveillant même les vertus nutritionnelles des repas préparés par sa cuisinière, et le bon déroulement des soins dispensés quotidiennement par l'aide médicale venue de l'extérieur.

Autant de choses qu'il allait falloir gérer à Fort Lauderdale. Pour combien de temps ? Le délai nécessaire à la fabrication d'un alibi pour Cristo. Un truc en béton. Mais en la matière, Fernando « Espíritu » Errera était imbattable. Une très longue habitude, et une foule de relations sûres. Alors ce soir, le seul vrai souci de l'avocat se résumait à l'annonce qu'il allait devoir faire au *jefe*.

Son fils préféré était mort.

— … m'entendez, *patrón* ?

En fait, entre le vacarme autour du X5, et la rumeur de la circulation de la rue où se trouvait Jaime, le son de la communication se diluait parfois. Néanmoins, Cristo Sastroso répondit, tendu :

— *¡ Si, si !* Accouche ! Tu les vois toujours ?

— *Si, patrón.* Nos gars sont derrière eux, et je filoche tout le monde.

Les photos par portable.

D'après Jaime « Toro » Toja, ils se trouvaient à présent dans NW 2 nd Street, s'éloignant ainsi à la fois de Flagter et de NW th Avenue. La filoche ne s'étant pas déroulée par cette dernière, Jaime n'avait pu rendre compte de ce qui se passait à hauteur du Latina Food Consortium, mais à en juger par le cordon policier qui en fermait l'accès, le nombre de fourgons de pompiers et de flics agglutinés au-delà du barrage, aux lueurs cramoisies qui dansaient dans la nuit et à l'épais nuage gris qui montait dans le ciel sans nuages, pas difficile de comprendre. Le dépôt de Latina Food était en feu.

— *¡ Puta !*

Décidément, la catastrophe s'amplifiait de minute en minute ! Et comme pour le lui confirmer, l'écouteur du portable lui vrilla dans l'oreille :

— *¡ Mierda !*

Cristo tressaillit sur son siège.

— *¡ Qué !*

Un petit « blanc » dans le combiné, puis de nouveau Jaime, à voix basse :

— La *chica. Creo qué…*

— Quoi !

— … je crois qu'elle nous a vus, *patrón* !

CHAPITRE IX

— Ils sont là !

Inutile de demander quoi. Ni qui. Sans broncher, sans marquer le pas malgré la douleur dans son dos et essayant d'oublier les gongs qui sonnaient toujours sous son crâne, l'Exécuteur demanda :

—Où ?

Après le mouvement de tête qui lui avait permis de les apercevoir, la jeune femme n'avait rien changé non plus à sa façon de marcher. Elle souffla :

— Derrière nous. Une trentaine de mètres.

— Combien ?

— Deux. Les baby-sitters de Cristo.

Dans le regard du Guerrier, une lueur froide passa. Eddie « Cristo » Sastroso était donc par ici, et il les avait repérés, malgré la cohue. Pas mal. Il questionna :

— Signalement ?

— Euh… un râblé à moustaches et en veste rayée, et un grand maigre, avec des oreilles genre plein vent.

Ça voulait sûrement dire des oreilles décollées. Sans changer de ton, la jeune femme ajouta :

— Je n'ai pas vu Jaime. Ou il se planque mieux, ou il est resté avec son boss.

Dans les infos de l'indic fourni à Bolan par Hal Brognola, Jaime « Toro » Toja figurait effectivement parmi les membres de la famille Sastroso. Le *jefe* des porte-flingues du clan. Sans cesser de marcher, le Guerrier s'enquit :

— Quel genre de voiture utilise Cristo ?

— Le plus souvent, son 4x4 BMW X5. Teinte anthracite métallisée.

Mine de rien, Mack Bolan avait glissé la main sous son blouson, l'avait posée sur la crosse du Beretta. Mais des voitures de police patrouillaient tous azimuts, et le 93-R avait beau être équipé de son silencieux, une fusillade dans ce secteur bourré de flics... et d'innocents passants, risquait de virer au drame. A cette heure, Little Havana était le quartier le plus fréquenté de Miami. Moralité, une seule solution. Semer les deux pourris. Au moins provisoirement. User d'astuce. Par exemple, leur faire croire qu'ils se rendaient à une adresse précise. S'adressant à Eva et l'air dégagé, il questionna :

— Tu connais un peu le secteur ?

Ricanement de la jeune femme.

— J'y suis née, j'y habite toujours, j'y ai pris certains de mes amants, dont le dernier est mort.

Joli cursus.

— *Sorry*, grogna le Guerrier. Je veux dire, pour ton dernier amant.

— Pas de quoi. Il s'est fait tuer par le mari de celle avec laquelle il me trompait. Un fieffé salaud.

Belle épitaphe.

Surveillant discrètement ses arrières par glaces de vitrines interposées et poursuivant son idée, l'Exécuteur reprit :

— Tu ne connaîtrais pas un bar, un immeuble, n'importe quoi dans le coin qui comprenne deux issues ?

Après un discret coup d'œil de côté, la jeune Eva hésita :

— Tu ne m'as pas dit que tu avais une voiture ?

— On peut appeler ça comme ça.

— Ben alors...

— Je suis motorisé, mais j'aimerais plutôt trouver ce que je viens de te demander.

Elle leva sur lui un regard en biais. Inquiet.

— Tu vas quand même pas... Hé ! Les cadavres, c'est pas trop mon truc !

— Qui te parle de cadavres ? Je cherche seulement à semer ces deux guignols.

— Ouais ! On sait comment tu les sèmes, ces genres de guignols ! *Shit !* J'ai assez vu d'hémoglobine pour ce soir ! En fait, c'est même la première fois que... Et puis, c'est plein de flics, par ici !

Etrangement, elle n'avait pas dit, plein de « collègues », mais plein de « flics ». Notant le détail au passage, le Guerrier renvoya :

— Dans ce cas, tu peux te tirer. Je m'en sortirai mieux tout seul.

D'un ton si glacé que, de saisissement, la jeune femme stoppa sur place. Le défiant de toute la hauteur de son mètre soixante et des poussières, elle jeta :

— Et si je m'incruste ?

Dans sa face barbouillée de fumée grasse, ses beaux yeux bleus luisaient de colère. La situation devenait surréaliste. Ils sortaient tout juste d'un blitz, ils avaient échappé à des volées de plomb, à une explosion et aux flammes de l'enfer, et ils étaient là, sur ce bout de trottoir, à s'envoyer des vannes comme un vieux couple au bord du divorce ! Louchant discrètement sur les alentours, Bolan aperçut effectivement dans la foule située derrière eux, un costaud en veste rayée, qui allumait une cigarette au briquet d'un échalas... aux oreilles très grandes, et très décollées. Bien vu, Eva. A cet instant, il lui sembla que le regard de l'échalas allait croiser le sien, et il baissa les yeux. Les portraits des deux types étaient désormais gravés dans son cerveau. A l'intention de la jeune femme, il insista :

— Alors ?

La nommée Eva se remit en marche, et s'agrippant de nouveau à son sac à dos, elle maugréa :

— *Venga*. On a un *deal* à régler.

Décidément, elle avait l'air d'y tenir. Et pressée d'en finir. Car, accélérant brusquement, elle l'entraîna vers l'angle de la rue, le fit tourner à droite. S'enfonçant dans une voie plus étroite et bordée d'échoppes et de restaurants, ils la remontèrent sur une centaine de mètres, tournèrent à gauche, tombèrent dans une autre rue du même type, où *ventas*, *restaurantes* et autres *tiendas* s'alignaient à touche-touche. Derrière, les deux autres suivaient. L'Exécuteur en était sûr. Il le sentait. Seule inconnue, n'étaient-ils réellement que deux ?

— Ils ont pas l'air de chercher une bagnole.

Son portable plaqué à l'oreille, Eddie « Cristo » Sastroso fronça les sourcils. Jaime semblait décontenancé, et après tout ce périple à pied, il y avait probablement de quoi, car la marche en ville n'était pas le sport national aux U.S.A. Mais Little Havana était un cas particulier. Ici, ce n'était plus tout à fait l'Amérique. Et puis, cette salope de Gloria avait un studio en ville. L'adresse lui échappait, mais c'était quelque part du côté d'Orange Bowl Stadium. A vue de nez, justement la direction décrite par le *jefe* de ses baby-sitters. Ce qui n'arrangeait pas le fils Sastroso.

Dans ce secteur, la circulation ne s'améliorait jamais de très bonne heure, et, pour l'instant, le X5 se traînait dans les embouteillages. Pas moyen de faire le tour avant longtemps. Heureusement, Jaime et ses gars avaient l'air d'assurer. Tout en réfléchissant, Cristo questionna :

— Tu vois toujours tes deux gus ?

— Pas d'inquiétude, boss. Mais d'assez loin. A cause de la fille. Vaudrait mieux pas qu'elle m'aperçoive.

Avec sa stature, son crâne rasé, sa gueule de gorille dominant en colère, et sa moustache monumentale, Jaime « Toro » Toja semblait ne jamais pouvoir passer inaperçu. Ce qui était faux. C'était le genre de type à vous tomber dessus sans qu'on ait même deviné sa présence. En silence, et en souplesse. Cristo s'enquit encore :

— T'as pu faire des clichés ?

— *Si*, répondit le porte-flingue. Il y a deux minutes à peine, ils se sont arrêtés et le type a tourné la tête une seconde. J'ai même pensé qu'il avait repéré les gars, mais ça doit pas être le cas. Il avait plus ou moins l'air d'engueuler Gloria, à moins que ce soit le contraire. Puis ils sont repartis. Mais pour les photos, ça sera sûrement pas terrible. Il aurait fallu que je m'approche et…

— Pas de souci, coupa le jeune boss.

L'agrandissement et le traitement des photos par logiciels informatiques n'étaient pas fait pour les chiens.

— *Vale*, lâcha-t-il dans le combiné. Surtout, ne les lâche pas. Et ne raccroche pas.

— *Si, patr…¡ Espere !* Attendez !

Eddie se raidit sur la banquette en cuir.

— Quoi ?

Il y eut une courte pause dans le téléphone, puis :

— *¡ Puta !* Ils viennent de tourner dans… Le mec et la fille ont disparu, et je vois plus mes gars !

Cristo faillit écraser son portable. Il gronda dans l'appareil :

— Retrouve-les, Jaime ! Surtout, retrouve-les !

— C'est là.

— Tu es sûr ?

— *¡ Si !* C'est là ! insista-t-il en désignant la façade d'un bar surmonté d'un large store. Ils viennent d'entrer.

Rouge et palpitante, une enseigne au néon au-dessus de l'établissement indiquait Casa Vinales. Ricardo Salar connaissait l'établissement, Jaime « Toro » Toja les y emmenait parfois se taper un verre et mater les gonzesses.

En fait, Ricardo Salar avait bien cru voir lui aussi le couple disparaître derrière la terrasse du café, mais il avait besoin d'en être sûr, et, outre son engouement pour les gadgets clinquants et sa manie des godasses cirées comme des miroirs qui lui valait son surnom de « Calzados », Felipe Avento était réputé pour son œil infaillible. Près d'un mètre quatre-vingt-dix, ça aidait, pour voir de loin. Par réflexe, Salar tourna la tête, cherchant Jaime du regard. En vain. Ce qui ne voulait rien dire. Malgré sa stature, leur *jefe* n'avait pas son pareil pour se fondre dans le décor. Alors, Salar pressa en indiquant le bar :

— *Vamos.*

Toro les retrouverait. Mais, au même moment, il se ravisa.

— Fais le tour, enjoignit-il à l'échalas. *¡ Pronto !* pressa-t-il encore. Y a une sortie par-derrière. Si tu les vois, ajouta-t-il avec une lourde ironie, tu te sers de ton beau portable rose à paillettes, et tu m'appelles.

Un téléphone rose à paillettes, et le thème musical de *The pink panther* en guise de sonnerie ! Parfois, Salar se demandait si le goût de son alter ego pour ce genre de conneries n'était pas le signe d'une homosexualité honteusement dissimulée. L'échalas disparu, il se plaqua au coin de la terrasse du bar, patienta un instant, laissant à Avento le temps de contourner le carré d'immeubles, prêt à reprendre la filoche si les deux autres ressortaient. En vain. Jugeant enfin le délai suffisant, il traversa la terrasse, pénétra dans la salle ouverte à tous vents, scrutant les consommateurs attablés, et la petite foule agglutinée au comptoir. Touristes et locaux mélangés, vacarme composite d'accords de conga, de rires et de cris, lourdes vapeurs d'alcool flottant dans une atmosphère enfumée par les tabacs d'une armée de havanes plus ou moins vrais.

Mais ni Gloria, ni le balèze au sac à dos.

Comme volatilisés. Jurant, Salar refit un tour d'horizon, en vain. Puis, fouillant le fond de la salle son regard tomba sur les portes. Une marquée *Privado*, l'autre *WC*.

Les chiottes ! Pas besoin d'attendre que ces connards les traînent plus loin dans leur sillage. S'ils se planquaient là… Au même instant, la sonnerie de son portable se manifesta. Jetant un œil vers la terrasse pour tâcher de repérer l'arrivée de Jaime, Salar décrocha :

— *¡ Si !*

Quasiment couverte par le vacarme ambiant, la voix d'Avento lui parvint à peine :

— …fais le tour, …vois pas d'autre sortie… Ah si ! Une cour. Je vais…

— O.K. ! coupa Salar. Surveille le secteur, bouge plus et garde le contact. Je sais où ils sont, je te tiens au courant.

Gloria et le mec étaient entrés dans ce bar. Il était sûr de les avoir vus. Il les tenait. A la moindre occasion…

Brusquement, il se sentait fébrile. Il savait à présent où

se planquaient la pute et le mec au sac à dos, et il allait effectivement régler le problème tout seul. Histoire de briller aux yeux du boss. De lui faire ravaler son mépris de tout à l'heure… et de couper l'herbe sous le pied à ce gros con de Jaime, qui avait un peu trop tendance à tirer la couverture à lui. Et qui sait, peut-être qu'un jour, en cas de malheur du côté de ce dernier, ce serait lui le *jefe* des soldats de Cristo. La logique. Car, en bon exécutant, l'échalas se contentait de suivre le cours des événements. Pas Salar. Il prenait presque toujours l'initiative.

Coincés dans les toilettes, ou au pire, échappés par une quelconque issue de secours, et dans ce cas, les lauriers seraient pour cet abruti d'Avento. Enfin, en partie seulement. Car il aurait agi sur ses instructions.

En tout cas, c'était le bout du chemin. L'instant de vérité.

CHAPITRE X

— Pourquoi on devrait partir ?

Accroché aux bras de son fauteuil mobile, Juan Miguel Sastroso dardait sur son *consejero* ce regard de glace qui impressionnait tant.

— C'était Eddie au téléphone. Il a dit qu'il fallait partir. Filer tout de suite à Fort Lauderdale. Il a dit que la police risquait de débarquer et…

— Comment ça, la police ! Est-ce que tu vas me dire ce qui se passe, Nando !

Fernando « Espíritu » Errera savait qu'il était impossible d'avouer la vérité à J.M. Il en ferait une deuxième attaque, fatale cette fois. Et le *consejero* du clan n'avait pas envie de voir son ami mourir. Pas comme ça. Pas à cause de ce qu'il entendrait de sa bouche.

— Ecoute, Juan, plaida-t-il en essayant vainement de bouger le fauteuil de l'infirme. Tu dois me faire confiance. Il faut y aller. Il y a eu un incident à Flagler, et…

— Quel genre d'incident ?

Espíritu transpirait d'angoisse. Si les flics débarquaient maintenant, non seulement J.M. apprendrait la mort de Sandy, mais les emmerdes ne feraient que commencer.

Pour eux deux. J.M. finirait aux urgences de South Miami Hospital. Les pieds devant.

— Eddie a dit de ne pas t'inquié…

Lui coupant la parole, une sonnerie stridula dans le petit salon attenant au living. Ne sachant trop s'il était soulagé ou plus angoissé encore, Fernando Errera lâcha le fauteuil en croassant :

— Je reviens.

— *¡ No !* éructa le boss de Little Havana en actionnant la commande de son siège. Passe-le-moi.

Le vieux chef était persuadé qu'il s'agissait de nouveau d'Eddie. Mais le *consejero* avait déjà décroché dans la pièce à côté.

— *¡ Diga !*

Lui aussi songeait au cadet Sastroso.

— *Señor* Fernando ?

Le conseiller tiqua. La voix d'Enrique, le neveu de J.M. ! Une voix faible, comme celle d'un malade. Incrédule, il répondit :

— *Si. ¿ Qué pasa ?*

— Je… mon oncle est… est couché ?

Sautant sur l'occasion, le *consejero* mentit à voix basse :

— Oui. Il dort.

Le ronronnement du fauteuil électrique de Sastroso approchait. Au téléphone, le conseiller pressa :

— *¿ Qué pasa ?*

Alors que le fauteuil mobile du vieil infirme s'encadrait dans l'ouverture de la porte, la voix de son neveu lâcha très vite :

— Je suis à… l'hôpital !

— A l'hôp…

— *¡ Si !* Chez… chez les brûlés ! Emmené par les

pompiers ! C'est… de gros problèmes à Flagler ! Une attaque ! Un commando ! Un des leurs a ramassé tout… tout le contenu du coffre. L'argent, les… les dossiers, tout ! Un dingue ! Un certain… Bolan ! Oui, c'est ça ! Il a dit… il a dit qu'il s'appelait Mack Bolan, et qu'il reviendr…

— *¡ Qué !*

L'exclamation avait jailli de la bouche d'Errera sans qu'il puisse la retenir. Dans l'encadrement de la porte, Sastroso qui bataillait avec les commandes de son fauteuil aboya :

— C'est Eddie ?

— *No. Yo…*

— Passe-le-moi ! Tout de suite !

Subrepticement, le *consejero* allait couper la communication, quand le fauteuil lui arriva dessus brusquement. Péremptoire, le vieux *jefe* tendit sa main décharnée vers le combiné.

— Donne.

D'un ton si coupant qu'Errera en eut froid dans le dos. Alors, la mort dans l'âme et d'une voix blanche, il souffla dans l'appareil à l'adresse d'Enrique :

— *Momento.* Je te passe ton oncle.

— *Hola, amigo !* Qu'est-ce que tu bois ?

Salar tourna la tête. Penchée par-dessus le comptoir, corsage largement échancré et sourire *Ultra Bright*, une des trois barmaids qui officiaient derrière la rangée de consommateurs dardait sur lui le regard de braise des *verdareras latinas.* Une seconde décontenancé pour avoir été repéré si vite dans cette foule, il s'arracha un sourire contraint, commanda en désignant la porte des toilettes :

— Daiquiri. *Vuelvo.* Je reviens.

La fille hocha la tête, envoya une claque à la grosse main velue et un brin farfouilleuse d'un type un peu trop entreprenant, clama à la cantonade :

— *Daiquiri ! Uno !*

Pour la discrétion, le porte-flingues repasserait. Mais oubliant déjà l'incident, il fendit l'assistance, et la main droite discrètement glissée sous sa veste, il alla pousser la porte des *bagnos*, prêt à défourailler. Tendu comme un arc, il découvrit un mur en épi, avec, de chaque côté, un pictogramme indiquant les toilettes hommes et femmes. Sous sa veste, ses doigts serraient la crosse de son pistolet Taurus 9 mm. A cause du réducteur de son, l'arme était beaucoup plus longue, et, par précaution, il l'avait déjà quasiment extraite de son holster d'épaule. Faisant mine de chercher son chemin, il glissa la tête au-delà du mur en épi, côté *mujeres*, aperçut une grosse fille brune qui se refaisait une beauté devant la glace, deux autres qui fumaient en discutant, chacune un verre à la main. Drôle d'endroit pour boire. En tout cas, c'était la seule cabine du lieu. Et entrouverte. Donc, inoccupée. Pas de Gloria, pas d'autre issue. Dans le poing de Salar, des sons résonnaient dans son portable. Et une voix, celle d'Avento.

Du nouveau ? Ce con avait-il repéré les deux autres ? Sous les regards conjugués de deux filles intriguées, il porta le combiné à son oreille, grinça :

— *¡ Qué !*

— *¡ Puta !* Où t'es ! Tu les as trouvés ?

— Non. Surtout, reste en contact.

Il lui sembla percevoir un juron, suivi de divers bruits, mais, déjà, il avait éloigné le téléphone de son oreille. Passant cette fois résolument du côté *hombres*, le téléphone toujours en main et opérationnel, calibre quasiment dehors et au bord du canardage réflexe, le flingueur tomba sur un trio d'urinoirs, dont deux étaient occupés. Trois jeunes chevelus, qui se repassaient un joint par-dessus le séparatif. Pas gênés, sans même un regard vers lui. Là aussi, une cabine. Fermée. Au fond du local, un renfoncement. L'index sur la détente du Taurus, Salar hésita, s'avança, pesa sur la poignée de la porte… qui s'entrouvrit. A une seconde de dégainer et de faire feu, Salar tira le battant. Personne. Les nerfs à fleur de peau, à présent observé par les fumeurs de joint, il risqua un œil vers le renfoncement. Là encore, personne. Seulement une porte. *La* porte. Celle qu'il cherchait. Avec une inscription : Sortie de secours.

Sans doute la sortie sur la cour indiquée par Avento. Le passage qu'il avait redouté. Celui qui pouvait permettre à cet imbécile d'échalas de tirer les marrons du feu, car, de toute évidence, quelqu'un venait de l'emprunter. On l'avait ouverte, et elle s'était mal refermée. Son battant ne plaquait pas complètement au chambranle. A cause du vacarme du bar, impossible d'entendre quoi que ce soit venant de l'extérieur, et, maintenant, de nouveaux arrivants débarquaient dans les toilettes.

Montant le téléphone près de sa bouche, il prévint à l'attention d'Avento :

— J'arrive.

L'index raidi sur la queue de détente du Taurus toujours planqué sous sa veste, Salar poussa le panneau. D'un coup. Bondissant dehors, extirpant enfin l'automatique de son holster, il atterrit sur un sol au ciment disloqué, prêt à faire feu. Mais, dans la lumière filtrant par l'ouverture dans son dos, il n'aperçut face à lui que des containers mobiles à ordures, alignés le long d'un mur. A part ça, personne. A droite et à gauche, des murs d'immeubles mitoyens, et, près des containers, une porte métallique entrouverte dans le mur du fond. Donnant sur l'extérieur.

Avec derrière, forcément, ce con d'Avento, qui attendait toujours. Moralité, cette salope de Gloria et son mec s'étaient tirés. Volatilisés. A quelques secondes près…

— *¡ Mierda !*

Un juron de dépit, qui avait à peine passé les lèvres du flingueur, quand son regard accrocha le détail.

Un reflet.

— …rrivera pas, *patrón*. C'est bouché partout.

Le portable collé à l'oreille, Eddie « Cristo » Sastroso avait à peine entendu la remarque de son chauffeur. L'estomac brusquement rempli de glace, il gronda à l'adresse de Jaime « Toro » Toja :

— Alors ! Tu les retrouves, oui ou merde ?

Au bout de la ligne, des sons confus de circulation, de foule. Et une respiration. Forte. Son *jefe de seguridad* devait être en train de cavaler partout. Légèrement essoufflée, sa voix résonna de nouveau dans l'écouteur :

— Je comprends pas, boss !

— Tu les as vraiment paumés ?

Un « blanc » dans l'appareil, puis :

— C'est dingue ! Je les avais dans le colli…

— Si tu les as paumés… *¡ Puta !* Tu raccroches, tu sonnes un de ces deux *maricones* sur son portable, et tu me rappelles dès que vous vous êtes retrouvés ! Vu ?

L'héritier Sastroso allait assener une menace bien sentie, quand, dans sa poche, l'autre portable se manifesta.

Errera. Forcément.

Il coupa la communication, activa le deuxième appareil, plein d'appréhension.

— *Si.*

— Eddie !

La voix de son père ! L'estomac de Cristo se serra brutalement. D'une voix coincée, il répondit :

— *Si, papá. ¿ Qué pasa ?*

Une sorte de sonde. Si Espíritu avait parlé…

— Ce qui se passe, c'est à toi de me le dire, *mi hijo.*

Dans l'esprit de Cristo, tout se mélangeait soudain. Il eut envie de crier. Très fort. Il ne le fit pas.

— *¡ Si, papá !* Je… je n'ai pas eu la for…

— Tu me le dis, petit con ! Je veux t'entendre me le dire !

Littéralement pétrifié, le fils Sastroso sentit un sillon glacé parcourir sa nuque.

— *¡ Si, papá !* C'est… c'est Sandy !

— *¡ Qué,* Sandy *!*

Alors, tandis que la coulée froide sinuait jusqu'au bas de sa nuque, Cristo lâcha d'une traite :

— Ils ont tué Sandy, papa ! Des putains d'enfoirés de flics l'ont descendu. Sandy est mort.

Au bout de la ligne, un silence s'installa. Si longtemps que le fils Sastroso crut la communication coupée. Puis la voix du vieux chef revint, soudain terriblement calme :

— Non, ce ne sont pas des flics, qui ont tué ton frère ! C'est un putain de *maricon*, qui a vidé MON coffre… et ce type s'appelle Mac Bolan ! Bolan la Grande Pute ! Alors maintenant, tu sais ce que tu dois faire.

Le ton était calme, presque désincarné. Celui d'un boss donnant un ordre incontournable.

CHAPITRE XI

Un simple reflet.

Une lueur, au pied des containers à ordures. Un détail banal, mais qui avait une seconde alerté les sens de Ricardo Salar. Il était trop nerveux. Pourtant pas de quoi. Gloria et le balèze évaporés dans la nature, lui et les deux autres ne risquaient pas plus qu'une engueulade du boss. Dur, mais pas mortel.

Salar traversa la cour, et, sous son crâne, un plan se précisait déjà. Le chapeau, il le ferait porter à ce con d'Avento. Si Gloria et le mec leur avaient échappé, c'était la faute de Calzados. Il n'avait pas été assez rapide à faire le tour de l'immeuble.

Quant à Toro, il devrait expliquer sa brillante absence.

Salar en était là dans sa stratégie, quand, dans son dos, l'issue de secours se referma. Un claquement sourd, qui se répercuta dans la cour à la façon d'un coup de gong à peine étouffé. Un bruit anodin, mais qui stoppa le porte-flingues, lui nouant encore un peu plus les nerfs.

Par réflexe professionnel, la cour étant certes déserte, mais plongée dans l'obscurité depuis la fermeture de la porte, il avait extrait le Taurus de sous sa veste, et fait monter une balle dans la chambre. Index sur la détente, il se dirigea de nouveau vers la sortie de la cour, tira le battant à lui, prêt à balancer du plomb. Pour rien. Derrière la porte, il n'y avait qu'une voie étroite. Déserte, à part deux chats qui se regardaient en chiens de faïence, sans lui prêter attention.

Pas de Gloria, pas de balèze, pas d'Avento non plus !

— *¡ Puta !*

Salar venait de comprendre. Ce pourri de Calzados ne l'avait pas attendu ! Il avait retrouvé la trace de la pute et du mec, et il avait repris la filoche à son compte ! Pour le doubler ! Ou alors, en tandem avec Toro. Ces deux salauds ne le supportaient pas. Ils…

Réalisant qu'ils étaient restés en contact téléphonique, il se plaqua le portable à l'oreille, et appela, mauvais :

— Hé ! Vento !

Pas de réponse. Seule, une faible rumeur en toile de fond sonore.

— *¡ Hijo de puta !*

Etouffant son juron, le porte-flingues hésita, recula dans la cour, alerté par un bruit de moteur. Rabattant le panneau métallique, ne laissant qu'un faible espace entrouvert, il glissa un regard dehors, aperçut le pinceau d'un phare. Une moto qui passa, puis disparut très vite au bout de la ruelle. D'un regard en arrière, Salar vérifia que personne ne sortait des toilettes du bar, puis, jurant sous sa moustache, il recula jusqu'à la rangée de containers, appela encore dans son portable :

— Hé ! Vento ! Qu'est-ce que tu branles, bord…

Il se tut brusquement. L'étrange impression d'un écho. Comme s'il avait parlé dans une caisse de résonance. Incrédule, il tourna la tête, dans un sens, dans l'autre, lança dans le portable :

— Tu m'entends, Vento ?

Même impression. Un écho. Ses propres mots, sa propre voix. Déformée. Artificielle. Tournant sur lui-même pour essayer de comprendre, il sentit son talon buter contre un obstacle. Baissant les yeux, il distingua un objet sombre, coincé entre le pied d'un container et le bas du mur extérieur. Un morceau d'objet. Sombre et luisant. Une chaussure. Plus exactement, un nez de chaussure au cuir particulièrement luisant, même dans la pénombre. Il se pencha, regarda entre le mur et la poubelle, aperçut tapie dans l'ombre une vague lueur rose clignotante. Il fronça les sourcils, son regard descendit, distingua ce qui ressemblait bel et bien à une chaussure d'homme anormalement brillante. Avec, sortant de la chaussure, une cheville, à demi recouverte par un bas de pantalon. Brusquement, un hameçon glacé lui mordit l'épigastre.

— *¡ Es que… !*

Puta ! La lueur rose ! La chaussure si brillante…

Calzados !

Le grand corps d'Avento couché là, entre le mur et…

Tel un ressort, le pourri s'était redressé. Dans son poing, le Taurus cherchait déjà sa cible, quand quelque chose de sombre émergea soudain entre la rangée de containers et le mur. Une vision si brève que l'œil de Salar eut à peine le temps de la capter.

Un étrange « flop », un choc en pleine tête, suivi d'un gigantesque craquement dans ce qui lui servait de cervelle… Puis plus rien. Seulement le noir.

Celui de la mort.

Il ne vit donc pas la silhouette athlétique repousser le container, se pencher sur lui pour le tirer derrière les containers près d'Avento, ne la sentit pas arracher le Taurus de son poing, ne la vit pas éteindre la lueur clignotante du portable à paillettes de Calzados, ne l'entendit pas non plus souffler d'une voix grave et glacée : « Donne le bonjour au diable. »

L'énorme poing de Jaime « Toro » Toja serrait si fort le portable que le boîtier en craquait à son oreille. Ces deux enfoirés avaient laissé chacun leur téléphone en ligne. Soit pour rester en contact entre eux, soit pour l'appeler lui. Trois fois déjà qu'il raccrochait, laissant passer un moment avant de rappeler. En vain.

Toujours occupé, des deux côtés !

« Toro » était là, planté sur ce trottoir au milieu de la foule du soir, complètement paumé et ne sachant plus que faire. Totalement impuissant. Et, pendant ce temps, le boss attendait qu'il le rappelle… pour lui dire qu'il avait retrouvé ces deux abrutis !

— *¡ Hijos de… !*

Ravalant son insulte, cherchant désespérément du regard à repérer les deux porte-flingues par-dessus la foule bigarrée du samedi soir, il raccrocha pour la énième fois. Par ici, *ventas*, *restaurantes* et *tiendas* se touchaient pratiquement. Le colosse connaissait bien le quartier. Quelques bars aussi, où on pouvait se lever des *chicas*, et où les daiquiris et les mojitos n'étaient pas trop mauvais. Comme La Casita, ou Casa Vinales les deux plus fréquentés du secteur. Ce soir, Jaime « Toro » Toja n'avait pas du tout l'esprit à ça, mais quand son regard accrocha l'enseigne, le raisonnement s'imposa à lui. Pour passer inaperçu, pour se remettre en ordre et se faire discrètement un brin de toilette après un bordel comme celui de ce soir à Flagler, il aurait profité des toilettes d'un de ces bars bourrés de consommateurs et de fêtards. En tout cas, c'était ce que lui aurait fait. Or à vingt mètres de là, l'enseigne rouge qu'il avait vue tant de fois palpiter dans la nuit semblait l'appeler. Jurant tout bas et louvoyant entre les voitures circulant au pas, il traversa la rue, tout en rappelant par la touche bis le dernier numéro composé sur son portable. Calzados ou Salar, il ne savait plus. En tout cas, prévenir ces imbéciles à tout prix. Leur dire où le rejoindre. Et, surtout, de retrouver Gloria et le mec... et son sac à dos.

En cas d'échec, bonsoir, Cristo !

En véritable animal aux instincts de chasseur, Jaime sentait la situation s'aggraver à mesure que le temps passait. La mort de Sandy, cette pouffiasse de Gloria, ce mec atterri là on ne savait comment, cette histoire de sac à dos auquel Cristo semblait s'accrocher comme un fauve affamé, et, enfin, la réaction à venir du vieux *jefe* Juan Miguel, quand il apprendrait la mort de son fils aîné. C'était sûr, il en rejetterait la faute sur eux tous. Moralité, l'avenir se présentait sous ses aspects les plus sombres.

Toja songeait encore à tout ça en abordant la terrasse du *Casa Vinales*. Puis d'un coup, son esprit se ferma. L'instinct du chasseur. L'œil aux aguets, la main tenant le portable et la droite engagée mine de rien sous sa veste, il cherchait les têtes blondes. Il pénétra dans l'établissement, fouillant la pénombre enfumée du lieu. Très vite édifié. Au comptoir pris d'assaut, personne ne ressemblait à ses « cibles », et aux tables noyées sous une foule compacte...

— *¡ Oh ! Jaime !*

Sursautant, le colosse tourna la tête. Derrière le comptoir, une des barmaids lui adressa un petit signe en lançant d'un air aguicheur :

— *¡ Hola, amor !*

Paquita. Une petite salope, qu'il avait connue dans un autre bar de Little Havana. Elle semblait ravie de le voir.

Surpris de la trouver là, mais sautant sur l'occasion et tout en observant toujours le secteur, Toro se fraya un chemin jusqu'au comptoir ;

— *Hola*, dit-il. Alors comme ça, tu bosses ici ?

— *¡ Si, amor !* répondit la fille, tous seins tendus et se contorsionnant d'aise. Qu'est-ce que je te prépare ? Un *mojito* comme tu aimes, beau brun ?

Un vieux penchant à charrier son crâne rasé. Ils devaient quasiment hurler pour s'entendre, et il répondit distraitement :

— *Si*. Dis… t'aurais pas vu passer un ou deux de ces gars qui sont quelquefois avec moi ?

— Moi, j'en ai vu un !

Une autre barmaid venait d'entrer dans son champ de vision. Tandis qu'une troisième sonnerie résonnait dans son portable, la fille claironna en désignant le fond de la salle :

— Le costaud à moustaches. Il a commandé un daiquiri, et il est parti aux toilettes. Y a au moins…

Bingo !

Salar était là ! Connaissant l'établissement, Toro imaginait déjà son porte-flingues suivant Gloria et le mec aux chiottes. Bravo ! Peut-être jusque dans la cour. L'endroit idéal pour les buter, et pour foutre le camp par la ruelle de derrière.

— Je reviens, lança-t-il aux deux filles.

Se frayant un chemin dans la foule, il gagna la porte des toilettes. Sous sa veste, ses doigts serraient déjà la crosse de son pistolet Smith & Wesson 9 mm, équipé d'un réducteur de son. Machinalement, son autre main conservait le portable contre son oreille. Encore une sonnerie. Aux toilettes des hommes, trois chevelus discutaient en s'échangeant un joint sans vergogne. Passant outre la cabine ouverte et sans s'occuper des fumeurs, Toro fila jusqu'à l'issue de secours. Non verrouillée, tout juste rabattue. Il l'ouvrit, se retrouva dans la cour aux containers à ordures, le calibre quasiment sorti de sous sa veste. Une seconde surpris de n'y trouver personne, il se dirigeait vers la porte donnant sur la ruelle, quand la sonnerie le surprit.

Téléphone !

Un téléphone sonnait quelque part. Là. Tout près. Pas derrière lui, pas non plus au-delà de la porte donnant sur la ruelle. Un téléphone, ici. Dans cette putain de cour déserte. Plus précisément sur sa gauche, du côté des containers. Un téléphone qui jouait le thème de *The pink panther* !

Incrédule, le colosse tourna la tête, fronça les sourcils, tendit le cou vers l'espace ménagé entre le mur d'enceinte et la rangée de poubelles, ouvrit des yeux tout ronds. Là, dans l'ombre au pied des containers, une lueur orangée palpitait au rythme de…

The pink panther !

Puis sa vision s'habituant à la pénombre, il aperçut une légère brillance, s'approcha davantage, distingua un bas de pantalon, et une chaussure. Une chaussure si bien cirée qu'on l'aurait dite vernie.

L'estomac brusquement plein de plomb, le pourri comprit alors que les vraies emmerdes commençaient seulement.

CHAPITRE XII

— Hé ! Qu'est-ce que…

D'un coup, Eva s'était sentie propulsée de côté. Littéralement encastrée dans un renfoncement, noir comme un four. Saisie, elle allait de nouveau protester, quand sentant le corps de l'Exécuteur se plaquer contre le sien, elle s'exclama :

— *Shit !* T'es pas du style romance, toi !

Elle marqua une seconde, soupira en se laissant aller contre lui :

— Quoique, après tout ce cirque, je ne détesterais…

— Qui tu es, toi ?

Le ton glacial refroidit instantanément la jeune femme. Décontenancée, elle se laissa aller contre le mur, et, changeant d'attitude, elle renvoya d'un ton aigre :

— Ça va !

Elle essaya de repousser Bolan, mais il la bloquait contre le mur du renfoncement.

— Tu n'es pas flic.

Malgré cette familiarité affichée plus tôt par la jeune femme, le Guerrier l'avait deviné. Demi-mondaine ? Son attitude durant les événements écartait cette option. Restait une hypothèse :

— Privée, hein.

Ce n'était même pas une question. Une quasi-certitude. La jeune femme acquiesça dans l'ombre :

— Gagné !

Le ton était railleur. Encore un peu crispé. Pour l'Exécuteur, un mystère demeurait. De taille. Il biaisa :

— C'est quoi, ce nom que tu m'as donné tout à l'heure ?

— Mack Bolan ?

— C'est ça. Mack Bolan.

— Je peux aussi t'appeler, disons... le Grand Fumier, ou encore la Grande Salope... ou l'Exécuteur, si tu préfères.

Un silence, et elle ajouta, plus doucement :

— Ou bien... Sergent Miséricorde.

Bolan tiqua. Elle avait l'air d'en savoir beaucoup sur lui, la jolie blonde. Dans cette voie étroite et quasi déserte où ils avaient atterri après la double exécution dans la cour du Casa Vinales, la rumeur de Little Havana n'arrivait que très assourdie. Eludant le sujet, le Guerrier insista :

— Tout à l'heure, le grand rouquin t'a appelée Eva. C'est ton vrai prénom ?

— *Si*, répondit-elle en espagnol. Avec Carrillo à la suite.

Eva Carrillo. Ce nom lui était inconnu.

— Et mon téléphone, ajouta la jeune femme sur un ton de nouveau railleur, c'est le 697-3496. Avec 305 devant.

D'abord, Mack Bolan ne comprit pas pourquoi elle lui donnait son numéro de téléphone, puis, d'un coup, sa mémoire afficha les chiffres.

Le numéro de l'indic !

— Et mon pseudo, c'est Fox, précisa encore la jeune femme.

Fox ! L'informateur dont les infos sur le Latina Food

Consortium lui avaient été relayées par Hal Brognola ! L'univers dans lequel évoluait le Guerrier était décidément petit. En tout cas, cette Eva Carrillo semblait claire. Identifiant, numéro de fil, tout y était. Ravalant sa surprise, l'Exécuteur s'enquit :

— Tu étais qui, pour les Sastroso ?

— La copine de Sandy. Le fils aîné du vieux Juan Miguel.

— Je vois.

Se méprenant sur la remarque, Eva Carrillo se rebiffa :

— Ça va ! T'es pas un ange non plus, dans ton domaine !

Malgré la douleur qui le taraudait, Bolan ne put contenir une ombre de sourire.

— Exact, admit-il. D'ailleurs, ta vie privée ne me regarde pas. En revanche…

— C'était une ordure, mais il était beau et il baisait bien.

En matière d'oraison funèbre, on avait entendu pire.

— … en revanche, enchaîna le Guerrier, ce qui me regarde, c'est la suite des événements. Et un peu aussi ta sécurité.

— La suite, j'espère qu'elle est là-dedans.

Se plaquant au torse de Bolan, elle avait passé un bras derrière lui, tapotant affectueusement son sac à dos. Et bien sûr, il comprit son allusion. Le fric du coffre-fort. Et comme un contrat est un contrat, il acquiesça :

— Affirmatif.

Il lui sembla sentir la jeune femme soupirer d'aise contre lui. Elle demanda :

— C'était bien la somme indiquée ?

Compte tenu des événements, l'Exécuteur n'avait pas eu le temps de compter, mais à vue de nez...

— Apparemment, dit-il.

— Et les dossiers ?

— Dans le sac, confirma Bolan. Plus rien dans le coffre.

Relâchant brusquement son étreinte et s'éloignant de lui, Eva Carrillo déclara d'une voix raffermie :

— Alors, ça fera cent mille pour moi.

La somme convenue entre elle et les « traitants » de Hal Brognola.

— Et encore, reprit la jeune femme. Pour le DVD, c'est cadeau.

L'Exécuteur tiqua.

— Le DVD ?

Hésitation de la détective, puis :

— Un mini DVD. Disque pour Caméscope. Tu ne l'as pas trouvé ?

— Pas remarqué, reconnut l'Exécuteur. Pas eu le temps.

Peut-être dans une des chemises cartonnées. Mais ils n'allaient pas discuter de ça et faire les comptes dans cette ruelle. Bolan reprit :

— Je suppose que...

Un bruit de pas le stoppa, lui fit tourner la tête. A l'entrée de la ruelle, un grand type venait d'apparaître. Une espèce de colosse, dont le haut du crâne chauve accrochait la vague lumière provenant de l'avenue. Trop sombre pour en voir davantage. Hésitant sur ses jambes, l'air de ne pas très bien savoir où il allait, le type cherchait visiblement à se repérer. Dans ce secteur, la nuit et avec tous ces bars, les individus un peu trop imbibés étaient monnaie courante, mais, d'instinct, le Guerrier avait saisi la crosse du Beretta sous son blouson. Au même instant, une sirène mugit à l'autre extrémité de la ruelle. Une voiture de police venait de s'arrêter, avec ses feux bicolores qui jetaient leurs lumières dansantes sur les façades. Rencognée dans l'ombre du renfoncement, la jeune femme s'inquiéta à voix basse :

— *What ?*

Elle tendit le cou pour jeter un œil par-dessus l'épaule de Bolan, essayant de le repousser, mais, déjà, le véhicule de police redémarrait, et, à l'autre extrémité de la voie, le colosse avait disparu. Fausse alerte. L'Exécuteur reprit :

— Je suppose que tu avais infiltré le clan Sastroso, non seulement sous pseudo, mais également sous couverture.

— Sous couverture. Ça, tu peux le dire !

Allusion claire à ses ébats avec feu Sandy. Devinant ce à quoi pensait Bolan, elle enchaîna :

— Une bonne couverture, même. Avec vraie fausse identité, et adresse secondaire en ville. Mais depuis peu, je sentais de la méfiance à mon égard. Non seulement chez Sandy, mais surtout chez son frère. Ils devaient renifler quelque chose, et quand tu as débarqué dans le labo, Sandy s'est imaginé que j'étais dans le coup avec toi. Je connais ces types. Nerfs à fleur de peau, paranos et tout, mais je sais aussi qu'ils ont des contacts partout, y compris chez les flics. Ils vont sans doute très vite savoir qui je suis exactement, et où j'habite en réalité.

— Résultat, tu es désormais tricarde en ville.

— Affirmatif. Du moins, le temps que je dégote une planque… et que tu les aies tous éliminés.

Conclusion frappée au coin du bon sens.

— O.K., fit le Guerrier.

Puisque cette fille semblait tout savoir de lui, elle

connaissait sans doute aussi l'existence du TACOM. Alors, puisque le char de guerre était stationné près de là…

— *¡ Dónde son los otros !*

Comme par magie, le X5 venait de freiner juste aux pieds de Toro. La cervelle en ébullition, le chef des porte-flingues ne savait pas vraiment comment il était arrivé jusqu'ici. En pleine 17 th Avenue, non loin de l'Orange Bowl Stadium. Autant dire, au diable vauvert. Une sorte d'état second. Comme une cuite mal digérée. Dans le cadre de la vitre abaissée, parfaitement décalées en pleine nuit, les lunettes de soleil de Cristo reflétaient les lumières du secteur.

— Et ton téléphone ! grinça le cadet Sastroso. Pourquoi il répond pas, ton putain de téléphone ?

Le téléphone ! La découverte des cadavres, le choc psychologique, l'idée du balèze dans le secteur, prêt à lui tomber dessus… Il avait oublié de raccrocher son putain de portable ! Et Cristo qui débarquait la gueule enfarinée. Son hébétude, instantanément transformée en une rage dingue, le colosse cracha littéralement :

— *¡ Puta de mierda !* Je sais pas qui c'est ce mec avec la pute, mais il vient de les flinguer, les autres !

Dans l'éclairage cru de l'avenue, il lui sembla à cet instant voir la face de son jeune boss blêmir soudainement. Au volant du 4x4, Ramon fixait son pare-brise, l'air de ne pas en mener large. Un instant s'écoula, peuplé par la rumeur de la circulation, et le lamento des sirènes dans le lointain. Un son désagréable, qui fit remonter les souvenirs à sa mémoire. Un sentiment bizarre le taraudait. L'impression d'avoir loupé le coche quelque part. D'avoir mal géré sa traque de tout à l'heure dans les rues de Little Havana, d'avoir raté la fille et le grand balèze d'un cheveu seulement. Notamment au fond de cette ruelle sans lumière. Cette silhouette entraperçue dans ce renfoncement. Mais il y avait eu ces patrouilles de police tout autour, et cette bagnole de flics à l'autre bout de la voie. Nerveux, les flics. En pleines recherches eux aussi. Forcément, avec le bordel au Latina Food Consortium, et maintenant, les cadavres de ces deux imbéciles dans la cour du bistrot. Alors, si tout à l'heure les *cops* lui étaient tombés dessus avec le S&W en poche... Mauvais. Très mauvais, pour lui et pour le clan Sastroso. Car, si les autres porte-flingues ne figuraient nulle part dans les cahiers de comptes de la famille, lui et Ramon, le chauffeur, y étaient inscrits dans la colonne du personnel.

Très fâcheux, en cas de problème.

Arrachant Toro à ses sombres pensées, le fils Sastroso lui désigna l'arrière du véhicule en ordonnant d'un ton un peu trop calme :

— Grimpe !

Un ton si glacé, que même un type comme Toro en eut froid dans le dos.

CHAPITRE XIII

— *¡No es verdadero !*

L'incrédulité figeait l'expression d'Eva Carrillo. Saisi, son regard parcourut lentement le décor du module opérationnel du TACOM, passa sur les écrans de contrôle, sur les computers, puis sur la console des commandes au combat. Bouche entrouverte sur sa dernière exclamation, elle finit par hocher lentement la tête en répétant à voix basse comme pour elle-même :

— C'est pas vrai !

Son regard refit le tour du module, puis hochant de nouveau la tête d'un air songeur, elle enchaîna en espagnol :

— *¡ Entonces, esto y eso, el famoso tanque de guerra de Ejecutor !*

C'était bien ça. Et elle avait vraiment l'air d'en savoir beaucoup sur lui. Ne pouvant lâcher la jeune femme dans la nature dans ces conditions, le Guerrier avait dû parer à l'urgence. Trop de police dans le secteur ? Trop de risques de contrôles ? Et pas question de s'attarder. Pourtant, il aurait bien aimé profiter des ultimes confidences du premier porte-flingue qu'il avait exécuté dans la cour du bar. Coincer son chef, Toro, qui ne devait pas être loin, puis patrouiller pour débusquer ce X5 BMW à bord duquel se trouvait Cristo. Bref, achever dans la foulée son blitz sur le clan Sastroso. Bien sûr, il aurait pu foncer tout de suite au fief des mafieux, à Kendall, mais quelque chose lui disait qu'il y arriverait trop tard. Car, même chez les mafieux, les latinos prenaient plutôt soin de leurs anciens, surtout des malades et des infirmes. *Sagrada Familia.* Question de culture. Gros à parier qu'ils avaient déjà décidé de mettre le vieux Juan Miguel à l'abri quelque part. Du côté de Brognola, aucune info concernant une éventuelle planque de la famille dans le secteur. Quant aux confidences sur l'oreiller… la source était justement présente. Revenant à l'essentiel et arrachant la jeune femme à sa contemplation du module opérationnel, le Guerrier interrogea :

— Sandy Sastroso t'aurait-il parlé d'une possible planque d'urgence pour la famille ?

Moue d'Eva. Plissant le front sous l'effet de la réflexion, elle finit par avouer :

— Non.

Refrénant une grimace de douleur, Bolan amorça le mouvement de se débarrasser de son sac à dos, quand son geste se bloqua sous l'effet de la douleur. Serrant les dents, il allait néanmoins continuer, quand la jeune femme s'inquiéta :

— …va pas ?

Il sembla à l'Exécuteur que son audition s'était fugitivement altérée. Il eut également l'impression qu'une espèce de « vide » se creusait dans sa poitrine. Face à lui et dans l'éclairage orangé des instruments électroniques du module, le visage de la jeune femme se troubla. Il l'entendit répéter :

— Ça ne va pas ?

Bolan s'ébroua, renvoya non sans humour :

— Ça passe. J'ai dû un peu forcer sur l'exercice.

Maintenant que son taux d'adrénaline s'abaissait, la douleur reprenait des allures d'ouragan.

— Je peux ?

Eva passa derrière Bolan, lui ôta délicatement le sac à dos, ne put retenir une exclamation :

— *Shit !*

Sobre, il interrogea :

— Grave ?

Un silence, puis :

— *I don't know.*

Elle ajouta, perplexe :

— C'est plein de sang. Le sac à dos et tout. Et ton blouson est percé du côté droit. Apparemment sous l'omoplate.

— Hum, fit Bolan.

Un trou dans son blouson, cela signifiait l'orifice d'une balle. La tentative précédente avait déclenché une onde brûlante dans sa chair, qui allait à présent crescendo. Une douleur effectivement centrée sur la zone décrite par la jeune femme. Lèvres serrées, il hésitait. Bien sûr, il pouvait appeler Hal Brognola, qui lui indiquerait un de ces médecins discrets, auxquels les « services » adressaient parfois des blessés qu'il valait mieux garder secrets, mais, d'abord, vérifier l'état des choses. Notamment, localiser la balle. Comme si elle lisait dans les pensés de Bolan, la jeune femme préconisa :

— J'ai bien dégoté un brevet de secouriste à l'université, mais je connais un médecin…

— *No medico*, coupa le Guerrier.

Si les Sastroso avaient sérieusement enquêté sur la maîtresse de Sandy, et si contrairement à ce qu'elle croyait, ils avaient démasqué sa véritable identité, ils avaient aussi bien pu cribler pas mal de ses « satellites », dont son médecin. Il commenta :

— Brevet de secouriste, hein ?

— Tu as une trousse ? demanda Eva.

Trousse de première urgence. L'Exécuteur hocha la tête :

— Viens.

De toute façon, il ne pouvait pas se soigner le dos tout seul. Ramassant le sac au passage, il guida alors la jeune femme hors du module opérationnel, lui fit les honneurs de sa cabine de repos. Spartiate. A la fois chambre et salle d'eau, cloisons laquées en gris. D'un côté, la partie chambre, de l'autre, cabinet de toilette, avec lavabo, douche et toilettes. Côté chambre, couchette rabattable, mini console électronique en guise de chevet, et deux écrans de contrôle accrochés face à la couchette. Un pour la surveillance intérieure, l'autre servi par les caméras extérieures. Intégré à une des cloisons, un placard. Rangement et penderie. Dedans, outre un vestiaire complet, plus la sinistre combinaison de combat, le compartiment *emergency,* avec ses produits de soins, et son matériel de chirurgie légère. Pinces, scalpels, nécessaire pour sutures, etc. Le tout parfaitement stérile. Un matériel auquel l'Exécuteur avait souvent eu recours depuis le début de son implacable guerre contre le Crime Organisé. Ouvrant le placard, il indiqua :

— Tout est là.

Déclinant l'aide de la jeune femme, et refusant de se laisser envahir par la douleur, il posa le sac à dos au pied de la couchette, parvint à ôter son blouson, eut beaucoup plus de mal à se débarrasser du T-shirt, collé à sa peau par le sang qui avait commencé à sécher. Passant dans la partie cabinet de toilette, grâce à un jeu de miroirs et au prix de contorsions pénibles, il put enfin examiner son dos. Effectivement, ce n'était pas très beau. La zone blessée était très enflée, mais, découverte réconfortante, la blessure semblait en séton. Deux orifices, dont un particulièrement moche. On aurait dit que la chair avait été arrachée. Caractéristique d'une ressortie de projectile. Quand il réintégra la partie chambre de la cabine, la jeune femme s'exclama en découvrant les dégâts :

— *¡ Madre de Dios !* On dirait le résultat d'un éclat de grenade !

Elle semblait inquiète. L'Exécuteur comprit pourquoi. La grenade. Celle qu'elle avait fait rouler vers lui pendant le blitz dans le parking. Attrapant la balle au bond et histoire de revenir au sujet principal de l'affaire, il questionna :

— A propos de grenade, tu as toujours ce genre de truc sur toi ?

Comprenant l'allusion et tandis qu'elle commençait à nettoyer la zone infectée, Eva expliqua :

— C'est Sandy. Un jour qu'on passait par le box, je l'ai vu y prendre des munitions dans un carton. Parmi le stock, il y avait deux ou trois grenades. J'en ai déduit que le local servait aussi d'armurerie de dépannage. Hélas, aujourd'hui, il ne restait plus qu'une grenade. Le reste avait disparu.

Le Guerrier tiqua :

— Le box, le passage par les souterrains, le labo clandé… Tout à l'heure au labo, il n'avait pas l'air de te faire confiance à ce point, Sandy ?

Il avait même menacé de la tuer.

— Attention…

La piqûre dans son dos surprit Bolan. Tandis que la jeune femme lui injectait l'anesthésique, elle enchaîna en admettant :

— Depuis quelque temps, je sentais des changements dans son comportement à mon égard. Et aussi dans ceux de son clan. Ils devaient commencer à avoir des soupçons.

Mais, au début de notre liaison, ça collait plutôt bien, côté intox. Ma couverture était solide. Grâce à Gloria Colón, une émigrée clandestine. Une *balsera*, échouée il y a deux ans avec quelques copains sur la côte de Floride.

Une de ces candidats à la liberté, et parfois au suicide, qui tentaient la traversée du Détroit de Floride, à bord de radeaux faits de planches et de chambres à air.

Commençant à ressentir les effets de l'anesthésie locale, l'Exécuteur encouragea :

— Et alors ?

— Sitôt débarquée ici, Gloria Colón, que j'avais rencontrée dans une association cubaine du secteur, et avec laquelle j'étais devenue copine, s'est mise à la colle avec un touriste espagnol. Un *valenciano*, qui l'a emmenée chez lui. Elle m'a dit qu'elle partait là-bas pour s'y marier, mais, ensuite, black-out complet. Plus jamais eu de nouvelles. Pour essayer d'en avoir, j'ai même envoyé un courrier à sa mère, du côté de Camagüey. Elle n'en avait plus non plus, mais on a continué à correspondre, se promettant mutuellement de se prévenir si on apprenait quelque chose. Depuis, rien. Du moins du côté de Gloria. Car des news, j'en ai eu de son fiancé, grâce à une relation locale. En fait, le bel hidalgo n'était qu'un minable proxo... qui s'est fait récemment descendre par la concurrence. Quant à Gloria Colón, toujours le brouillard. Alors, quand j'ai eu besoin d'une identité d'emprunt pour infiltrer le clan Sastroso, j'ai adopté la sienne. A la fois réelle, et parfaitement crédible, grâce à ses anciens papiers cubains, restés classés à l'association.

Quoi de plus naturel, qu'une immigrée cubaine, se laissant séduire par un beau latino de même culture, fût-il un mafieux.

— O.K., fit Bolan. Mais ça ne me dit pas ce que...

— Sans doute une balle, coupa la jeune femme. Probablement ressortie. En tout cas, plus rien dans la blessure. Ça saigne pas mal. Je vais désinfecter, refermer, et les antibiotiques contenus dans ta pharmacie devraient suffire.

Tandis que la détective préparait le nécessaire à sutures, le Guerrier reprit :

— … ça ne me dit pas la raison de ton infiltration du clan Sastroso.

Il sentit la jeune femme s'affairer dans son dos, et elle prévint :

— J'y vais.

Premier point de suture. Quasi indolore. Impatient, l'Exécuteur répéta :

— Ça ne me dit pas…

— La raison, c'est toi.

CHAPITRE XIV

— Te voilà enfin !

Tout raide dans son fauteuil roulant, son étroite face parcheminée figée dans la lumière jaune d'un luminaire sur pied, Juan Miguel Sastroso ressemblait à un mannequin de cire. Mais il y avait les yeux, terriblement vivants. Noirs, profondément enfoncés dans leurs orbites, avec tout au fond cette lueur propre aux Sastroso. Glacée. Debout près du fauteuil, planté comme un garde prétorien et une main posée sur le dossier comme pour protéger le vieux *jefe*, Fernando « Espíritu » Errera levait sur les deux arrivants un regard fixe, où se lisait une espèce de fatalisme. Trop intelligent et trop au fait de la loi, le *consejero* du clan ne se berçait pas d'illusions. Une ère d'avanies venait de commencer. Dans le grand salon vaguement décoré rococo, une atmosphère de drame couvait, et, sur le bahut massif de style catalan qui occupait quasiment tout un mur de la pièce, la grosse pendule en bronze égrenait le tempo lancinant de son balancier dans le silence encore vibrant des échos de la voix du chef de famille. Gorge sèche, du plomb dans l'estomac et debout au milieu de la pièce, Eddie « Cristo » Sastroso ne savait quelle attitude adopter. Mais le temps pressait. Le vieux avait refusé de se laisser emmener à Fort Lauderdale, et les flics risquaient de débarquer à tout instant. S'éclaircissant péniblement la voix, le fils cadet du *jefe* tenta :

— Papa ! Il faut partir. Les flics vont...

— Retire-moi ces foutues *gafas* !

Juan Miguel Sastroso avait toujours eu les lunettes de soleil de son fils cadet en horreur. Mal à l'aise et vexé d'être ainsi traité devant Jaime, Eddie hésita, finit par obéir, dévoilant ses petits yeux noirs. Trop noirs, et trop petits à son goût. Un complexe qu'il nourrissait depuis l'enfance. A cause des filles. Elle ne les aimait pas, ses yeux. Ils leur faisaient peur. Face à lui, son père l'observa un instant, avant d'interroger, abrupt :

— Vous l'avez eu ?

Cristo resta la bouche ouverte deux secondes, avant de croasser :

— *¿ Qué ?*

Dans les yeux de son père, la lueur glacée fulgura :

— Je te demande si vous avez eu le Grand Fumier.

A cet instant, le regard de Juan Miguel Sastroso dévia sur la colossale silhouette demeurée en retrait, à l'entrée du salon. Littéralement paralysé, Toro ne put que baisser la tête, et ce fut Cristo qui tenta encore, la gorge plus nouée que jamais :

— *Escucha, papá... es necesario fijar...* Il faut foutre...

— *¡ No !*

Le vieux *jefe* s'était brusquement redressé dans son fauteuil, frappant l'accoudoir d'un poing frémissant. Dans son regard, des éclairs s'étaient allumés, insoutenables. Ce fut pourtant d'une voix redevenue basse, qu'il assena :

— Un Sastroso ne fout pas le camp, Eddie. Un Sastroso

se bat. Or, ni toi, ni ta minable équipe ne s'est battue ce soir. Parce que chez nous, quand on se bat, on gagne.

Piqué au vif, Cristo se rebiffa :

— *¡ Mierda, papá !* On est en Amérique ! Ici, on se bat pas contre les flics !

— Qui te parle des flics, *mi hijo* ?

La voix du vieillard avait encore baissé d'un ton.

— Qui parle de police à part toi ? Ton père te parle du Grand Fumier ! Seulement du Grand Fumier !

Dans le regard qu'il levait à cet instant sur son fils, il y avait quelque chose que ce dernier n'y avait jamais vu. Semblable à une sorte de ferveur. A la fois fiévreuse et sombre. Son fils rouvrait la bouche en cherchant ses mots, quand son père le devança :

— Avant d'être pris en charge par les toubibs de l'hôpital, commença-t-il sur le ton de la narration, Enrique a eu le temps de me faire le topo. Et tu sais quoi, *mi hijo* ? Eh bien, le type en question, il était seul. Tout seul, Eddie ! Un seul type, capable d'anéantir toute notre équipe !

Juan Miguel Sastroso reprit son souffle, enchaîna sur un ton volontairement neutre :

— Et ce type, Enrique me l'a parfaitement décrit. Et cette description, Eddie, cette description correspond exactement à ce type que je n'aurais jamais voulu voir traîner de nouveau dans le secteur. Un signalement qui correspond à cette saloperie de portrait-robot. Celui du Grand Fumier. Trait pour trait ! Entre deux gémissements, Enrique m'a fait un résumé de la situation. Un résumé encore plus noir qu'on pouvait l'imaginer. Car le Fumier a non seulement anéanti le Latina, buté pratiquement tous les hommes présents, étouffé tout le fric contenu dans le coffre-fort, mais il a aussi embarqué les dossiers.

Le patriarche reprit son souffle, et continua :

— Les dossiers, avec tout ce qu'il y avait dedans…

Cristo n'écoutait plus qu'à peine. Dans les dossiers, il y avait des contrats, des listes comptables plutôt compromettantes, mais uniquement pour le Latina Food Consortium, officiellement indépendante de la famille Sastroso grâce aux sociétés écrans…

— … mais surtout, il y avait également ce DVD, Eddie ! Ce foutu disque vidéo ! Cette combine d'abrutis que ton frère et toi avez montée sans mon accord, et qui va nous coûter cher ! Très cher !

Eddie « Cristo » Sastroso sentit la boule gonfler dans sa gorge. Le vieux avait raison. Horriblement raison. Et, déjà, il devinait ce qui allait suivre dans la bouche de son père.

— Alors, je vais rester ici. Non seulement parce que le chef de la famille Sastroso ne s'enfuit pas, et qu'il fait front en toutes circonstances, mais surtout, parce que ficher le camp serait inutile. Et tu sais pourquoi ?

Acquiescement mou de Cristo.

— *Si, papá.*

— *¡ Si, papá !* parodia son père d'une voix grinçante. *¡ Si, papá !* Bien sur, que tu le sais ! Tu sais bien que ce fumier de Bolan ne viendra pas ici. Trop malin ! Bien plus que vous tous réunis ! Et il ne viendra pas, car il sait déjà qu'il n'y trouvera que moi ! Moi et Fernando, c'est-à-dire, plus personne qui l'intéresse vraiment. Car dès qu'il aura vu ce qu'il y a sur ce *puta* de DVD, il saura que toi, tu ne seras déjà plus ici, Eddie. *¿ Verdad ?*

— *Si, papá.*

— Et il foncera où tu sais, le Fumier. Tu sais ça aussi. *¿Verdad ?*

Il reprit son souffle, hocha lentement la tête, articula sur le même ton :

— La famille Sastroso a toujours fait front, *mi hijo*, mais, jusqu'à présent, elle n'avait pas eu affaire au Grand Fumier. Lors de sa dernière incursion à Little Havana, il ne s'était attaqué qu'à la famille Carribe, et on avait gardé les pieds au sec. Mais, cette fois, c'est à nous qu'il s'est attaqué, et c'est à nous de faire front. Contre lui, Eddie. Pas contre les flics, eux, j'en fais mon affaire. Je ne te parle que du Grand Fumier. Tu sais donc ce qui vous reste à faire, Jaime et toi.

Recommandation apparemment banale, mais en fait, un ordre incontournable. Bien sûr, Cristo savait ce que Jaime et lui devaient faire maintenant. Et, surtout, faire très vite. D'abord, sonner le tocsin, puis foncer en empruntant les circuits habituels.

— *Si, papá,* soupira l'héritier Sastroso en faisant signe à Jaime « Toro » Toja de le suivre vers la sortie du salon. J'appelle tout de suite Orl...

— Pourquoi pas aussi prévenir la presse ! le stoppa son père d'un ton coupant. Pourquoi pas la télé, et pourquoi pas la Présidence, pendant que tu y es ! Tu n'appelles personne, imbécile ! Tu fais seulement de la mécanique.

Surprise de Cristo.

— *¿ Qué ?*

— De la mécanique, répéta le *jefe*. De l'électricité, si tu préfères. Tu te contentes de sectionner le fil conducteur !

Devant l'incompréhension de son fils, Juan Miguel Sastroso s'impatienta :

— Le fusible, *mi hijo* ! Le fusible, si tu préfères !

Eddie « Cristo » Sastroso fronça les sourcils, parut hésiter, comprit enfin, finit par acquiescer, comme à regrets.

— Et dépêchez-vous, ajouta sèchement le vieux mafieux. Tu sais comment.

Son fils savait. Grâce à leur filière vénézuélienne, faux papiers, visas, compagnies aériennes étrangères, etc, ils bénéficiaient d'une longueur d'avance sur le Fumier. A condition de se bouger. Maintenant.

Sans un mot d'adieu, il remit les *gafas de sol* sur son nez, et quitta le salon rococo en faisant signe à Toro de le suivre. Ce qui les attendait maintenant n'aurait rien d'une sinécure. Car, pour les Américains bon teint qu'ils étaient malgré leurs origines, l'endroit où ils allaient ressemblait fort à une sorte d'enfer.

CHAPITRE XV

« La raison, c'est toi. »

La dernière phrase d'Eva Carrillo résonnait encore aux oreilles de l'Exécuteur, quand elle enchaîna :

— La raison de mon infiltration, c'est toi, répéta-t-elle. Je veux dire, le Grand Fumier, la Grande Salope, enfin, l'Exécuteur. La légende punitive, quoi.

Mack Bolan crut discerner un soupçon d'ironie dans le propos. Un ton presque léger. Excusable en la circonstance. Comme lui, la jeune femme avait échappé plusieurs fois à la mort. L'effet de décompression. Elle ajouta :

— Je doute que tu saches à quel point tu es célèbre, Mack Bolan. Non seulement dans le monde du Crime Organisé international, mais également dans la plupart des mouvements révolutionnaires de la planète.

Elle marqua un temps, infligea un troisième point de suture au dos du Guerrier, reprit sur le même ton ostensiblement léger :

— Surtout depuis peu. Une vraie vedette, dans ton genre. Tes exploits sont à présent connus partout. Surtout les derniers. Notamment chez les FARC.

Référence évidente au dernier blitz du Guerrier en Colombie[3].

— Des coups de main célèbres, reprit-elle dans la foulée. Y compris chez les flics… y compris chez les privés comme moi, par exem…

— *¡ Vale !* interrompit l'Exécuteur. Résume.

Un soupir dans sa nuque, puis :

— O.K., *bello soldado* !

Un temps mort, une autre piqûre, presque insensible, et Eva enchaîna :

— En fait, l'histoire débute avec la mort de mon ex-associé. Marcus Diaz. Un vieux renard, installé à Miami dans les années 80. Genre détective à la Mickey Spillane. Il m'avait prise sous son aile, et il m'a beaucoup appris. Malheureusement, pas suffisamment. Pas eu le temps. Assassiné par les tueurs du Clan Carribe.

Elle marqua un temps, avant de faire observer :

— Tu connais, je crois.

Là, elle faisait clairement allusion au dernier blitz du Guerrier à Little Havana. Décidément, il devenait de plus en plus célèbre. Trop.

— A cette époque, j'avais tout juste tamponné le clan Sastroso sur les instructions de Marcus. Quelque temps plus tard, je venais seulement d'accrocher Sandy, quand ton blitz chez les FARC m'est arrivé aux oreilles. Je commençais alors à connaître les relations de la Famille, quand à la même période, notamment au cours de sorties dans les boîtes, j'ai pu surprendre des bribes de leurs conversations, avec des latinos étrangers. Il était question des FARC, et de grosse galette à ramasser.

La détective marqua un temps, Bolan entendit

3. *Les tueurs de Montanitas*, L'Exécuteur N° 245.

tinter des instruments dans son dos, et la jeune femme commenta :

— Je me suis alors dit que si l'info te parvenait, tu finirais par débarquer ici.

— Pourquoi ?

— Ben… à cause de ton récent blitz en Colombie ! Logique, non ?

— Logique, admit Bolan. Et puis ?

— Dès lors, j'ai décidé de pousser plus loin mes investigations, en m'arrangeant pour devenir indispensable aux yeux de Sandy.

Aux yeux… et au reste.

— Quand, plus tard, j'ai entendu Sandy et son frère parler entre eux de cette combine relative aux FARC, qui risquait de leur rapporter beaucoup de fric, et quand ils ont évoqué cette masse de fric, issu d'une vente de dope au Venezuela, et qui devrait séjourner quelque temps dans le coffre-fort du Latina Food Consortium pour d'obscures raisons bancaires, j'ai su que j'avais eu raison de penser à toi. Non seulement pour te payer le clan Sastroso, mais aussi pour leur piquer le fric du coffre. Quasiment sûre que tu viendrais.

— Quasiment sûre, hein !

— *¡ Si !* Dans mon esprit, c'était la suite logique, à la fois de ta récente action en Colombie, et de ton dernier blitz à Little Havana. J'étais certaine que tu n'allais pas laisser passer l'occasion d'enfoncer le clou dans le secteur. En tout cas, c'est ce qui m'a décidée à contacter le desk.

— Le desk ?

— *Confidential.* Je sais que tu connais.

Le Guerrier connaissait effectivement. Le desk *Confidential* du *Justice Department* U.S. était un service très particulier, destiné au traitement des repentis mafieux de tous bords, et qui dépendait directement du plus haut fonctionnaire de l'administration concernée : Hal Brognola.

La règle d'or du service : *absolute security.*

Ne jamais exposer la vie du « sujet », ne jamais dévoiler son identité à quiconque, ni le moyen de le contacter directement sans son accord. D'où l'extrême discrétion du fédéral quant à sa source d'infos. Seulement ce numéro de portable. Libre à la jeune femme d'en révéler davantage après contact.

Ce qui semblait être le cas.

Et Mack Bolan commençait à se faire une idée de l'affaire. Les confidences sur l'oreiller, l'évocation du paquet de dollars dans le coffre du consortium, l'impossibilité pour Eva de se l'approprier directement, d'où son plan pour attirer un associé susceptible de le faire à sa place. Lui, l'Exécuteur. Problème, il ne figurait pas dans l'annuaire. Individu injoignable pour le commun des mortels. Mais, dans l'univers glauque de *l'Organized Crime*, on subodorait l'existence d'un très probable lien entre Bolan et un contact secret au *Justice Department*, où, précisément, on avait mis sur pied le *Confidential*. Le desk haï des *amici* de toutes obédiences. Et, bien sûr, on savait ça également chez les flics... y compris chez les privés bien informés. Eva Carrillo étant visiblement de ceux-là, il ne lui restait plus qu'à contacter le *Confidential*, et à y vendre son projet. Gonflé, mais bien vu.

L'Exécuteur était venu.

Résultat, un blitz éclair, un incendie ravageur, des rafales tous azimuts, un labo clandestin... et une balle dans la peau, probablement déviée par le contenu du sac à dos. Rien de mieux qu'un compact matelas de papier, pour amortir la pénétration d'un projectile. Une méthode analogue avait cours dans les labos de la plupart des polices criminelles, aux fins d'examens balistiques. Moralité, sans la présence de ces liasses de dollars…

Les dollars… et ce DVD.

Un mystérieux DVD, auquel la détective avait fait allusion plus tôt. La face cachée de l'affaire. La partie encore inconnue, et qui semblait bien énigmatique. Désormais complètement insensible aux manœuvres de sutures, Bolan re-attaqua :

— C'est quoi, cette histoire de DVD ?

— Voilà ! J'ai presque fini.

Un silence, la sensation d'un vague contact à l'endroit de la blessure, et, de nouveau, Eva Carrillo :

— Une histoire qui risque bien de s'être pris une bastos au passage. Si toutefois ce DVD figure bien au contenu de ton sac.

Réflexion frappée au coin du bon sens. Bolan se souvenait de ce premier choc encaissé dans le dos, lors du blitz au sous-sol du consortium. Une première balle, qui ne l'avait pas blessé, et qui était sans doute encore enfoncée dans le tas de liasses. Restait effectivement à savoir si ce DVD y était également, et s'il avait échappé au projectile. Association d'idées oblige, Bolan interrogea :

— Qu'est-ce qu'il est censé stocker, ce DVD ?

— *I don't know.*

Incrédule, Bolan tourna la tête.

— Comment ça, tu ne sais pas !

— Ne bouge pas. Je finis ton pansement. Disons que je ne sais pas exactement. Je n'ai rien vu de son contenu. Je sais seulement ce que j'ai pu en reconstituer, d'après les bribes recueillies çà et là, au cours des conversations entre les deux frères Sastroso.

— Mais encore ?

— Une chose semble sûre, c'est que ce DVD aurait

un rapport avec l'affaire des otages des FARC. Un truc confidentiel.

Depuis le début des laborieuses et tortueuses tractations entre Hugo Chavez et les FARC, l'aspect confidentiel de l'affaire des otages avait un peu de plomb dans l'aile, et les spéculations allaient bon train sur les éventuelles suites du processus. Intrigué, Bolan interrogea :

— Quelque chose dont les médias n'auraient pas encore parlé ?

— En tout cas, moi, je n'en ai entendu parler que par les Sastroso, répondit la jeune femme en achevant son pansement. L'histoire d'une mystérieuse otage, récemment exfiltrée de la jungle colombienne, et passée à l'étranger.

Incrédule cette fois, Mack Bolan s'étonna :

— Tu veux dire, une otage des FARC ?

— Affirmatif. Enfin, d'après ce que j'ai compris.

Le Guerrier sourcilla :

— Comment ça, exfiltrée de la jungle colombienne ? Et c'est quoi, l'étranger ?

— D'après ce que j'ai compris, avoua Eva Carrillo d'un ton dubitatif, toute l'affaire serait enregistrée sur ce fichu DVD, livré aux Sastroso, justement par une de leurs contacts à l'étranger. Un DVD enfermé depuis dans le coffre du Latina Food Consortium. Pour le reste…

Du geste, la détective désigna le sac à dos posé au pied de la couchette en déclarant :

— Tu devrais peut-être jeter un œil.

Ragaillardi par les effets de l'anesthésie sur sa blessure, le Guerrier rafla le sac à dos posé au sol, l'ouvrit, en vida le contenu sur la couchette.

— *¡ Madre de… !*

Saisie, Eva Carrillo n'acheva pas. Bouche ouverte, elle fixait d'un regard dilaté les liasses répandues sur la couverture. Rien que des coupures de cent. Du sang avait certes imprégné quelques billets périphériques, mais pour le reste... une fortune. Elle semblait fascinée par la vue des liasses vertes, contrairement à Bolan, dont l'intérêt s'était immédiatement porté sur les chemises cartonnées. Au nombre de quatre.

Crevées de part en part !

Orifice très net, trace évidente d'un projectile de gros calibre. Moue de Mack Bolan.

— Dommage, dit-il.

Arrachée à la contemplation des dollars, Eva Carrillo considéra les dégâts, supputa :

— Ça dépend. Avec un peu de chance...

Déjà, le Guerrier avait ouvert la première chemise. A l'intérieur, rien que des papiers comptables. Evidemment transpercés. A examiner ultérieurement. Dans le second dossier, d'autres papiers, plus une pochette en plastique. Egalement perforée par la balle... à deux millimètres du bord du disque qu'elle contenait.

DVD. Apparemment intact !

Aucune inscription dessus. L'Exécuteur le sortit de la pochette, quitta la couchette en lançant à l'adresse de la détective :

— Je reviens.

— Hé ! l'arrêta-t-elle. Si tu as l'intention de l'ausculter tout seul, ce disque, pas question. J'ai un droit de regard, non ?

Bolan hésita, finit par admettre :

— O.K. Amène-toi.

Elle avait raison. Sans ses infos, il n'aurait jamais eu accès au coffre-fort. D'ailleurs, rien ne prouvait que le contenu du disque puisse l'intéresser. Entraînant la jeune femme hors de la cabine de repos pour regagner le module opérationnel, il s'installa à la console technique, activa un des ordinateurs de bord, inséra le DVD dans le lecteur. Une image apparut bientôt sur l'écran. Trois personnages. Une femme, et deux hommes, filmés sur fond de décor citadin. Un décor particulier, qu'on pouvait très facilement identifier, pour peu qu'on l'ait déjà vu, soit en photo, soit en document filmé, soit en vrai, sur le terrain.

Exactement le cas du Guerrier.

De toute évidence, Eva Carrillo connaissait également le décor en question, car Bolan l'entendit s'étonner pardessus son épaule :

— C'est quoi, ça ? Souvenirs de vacances ?

Une étrange lueur passa dans le regard minéral de l'Exécuteur.

— Ça m'étonnerait, renvoya-t-il, songeur.

Sur l'écran, l'image en gros plan s'était éloignée, et, tandis que le trio se mettait en marche sur le fond du décor élargi, une voix off commença en espagnol :

— *Señor Presidente,* ce document n'est pas un film de vacances, mais une respectueuse requête de votre bienveillance…

L'Exécuteur n'écoutait plus que d'une oreille distraite. Car cette voix, il la connaissait, comme il connaissait bien aussi un des trois personnages du film. En fait, il commençait même à subodorer la raison de cet enregistrement.

Il visionna l'enregistrement jusqu'à son terme, dans le silence et sous le regard intrigué d'Eva Carrillo. Après un moment de réflexion, le Guerrier pivota sur son siège, leva les yeux sur la jeune femme pour déclarer :

— Tu vas devoir t'éloigner de Miami pendant quelque temps. Du moins, jusqu'à ce que le clan Sastroso soit entièrement…

— Tu as raison, coupa la détective. Mais…

Elle laissa sa phrase en suspens, et Bolan s'inquiéta :

— Tu as un endroit en vue ?

— *Si*, répondit Eva Carrillo en espagnol. Là !

De l'index, elle désignait l'écran du computer. L'Exécuteur tiqua.

— Ça, fillette, même pas en rêve.

Soutenant son regard, la jeune femme esquissa un petit sourire en coin, renvoya tranquillement :

— Un deal est un deal.

Bolan fronça les sourcils.

— Quoi, un deal ?

Frottant son pouce contre son index, la détective rappela :

— Vingt pour cent, sur tout le cash. Tu te souviens ?

L'Exécuteur se souvenait. Un deal était un deal, le desk *Confidential* l'avait entériné. Enfonçant le clou, la jeune femme enchaîna aussitôt :

— D'ailleurs, tu vas avoir besoin de moi… là-bas.

CHAPITRE XVI

— ¡ *Madre de Dios !*

En approche finale, l'Hercules C-130H de la Navy venait de virer sur l'aile, et, par les hublots de droite, la vue plongeait directement sur la rade, et les gigantesques installations militaires, dont les lumières brillaient dans la brume de chaleur du crépuscule. D'où l'exclamation étouffée d'Eva Carrillo. Tournant la tête vers Bolan, elle s'étonna :

— Tout ça, c'est américain ?

— En location seulement, répondit le Guerrier.

— C'est dingue !

Insolite en effet. Enclave américaine accordée par le traité de 1903 renouvelé en 1934 jusqu'en 2033… Selon les dernières nouvelles, la base aéronavale US de Guantanamo constituait à Cuba une bizarrerie assez savoureuse, compte tenu du contexte géopolitique de la région. Réévalué en 2002, le montant annuel du bail s'élevait aux environs de 4 000 $ or, somme bloquée sur compte, que Cuba n'encaissait pas.

— C'est immense, non ?

— Pas tant que ça, éluda encore Bolan.

Située à 960 kilomètres de La Havane, dans une zone aride

battue par les vents, et s'étendant sur 116 km^2 environ pour une trentaine de kilomètres de périmètre, la base accueillait entre 20 000 et 30 000 hommes selon les périodes, voire un peu plus depuis le début des opérations en Afghanistan et l'arrivée des prisonniers talibans. Mais, peut-être, les chiffres officiels ne reflétaient-ils pas la stricte réalité… En tout cas, le Guerrier n'avait pas accepté l'offre de Hal Brognola d'emprunter cet Hercules de l'armée US pour vérifier tout ça, mais pour un acheminement d'urgence et très confidentiel, véritable exploit administratif du fédéral, dicté par plusieurs soucis : éviter les filières touristiques, les interminables contrôles à l'Aéroport International José Martí de La Havane, et surtout gagner du temps. Aucune liaison aérienne n'existant entre les States et Cuba, l'Exécuteur aurait en effet dû gagner le Mexique pour attraper un vol Mexicana. Un laps de temps largement susceptible de profiter à l'ennemi. A ce stade de l'opération, l'Exécuteur ignorait tout des intentions des Sastroso, mais compte tenu de ce qu'il avait appris en visionnant le DVD, il n'était guère optimiste. Le téléphone existait aussi à Cuba, et tous les ingrédients du fiasco étaient inscrits d'avance dans son plan. Pourtant, il avait décidé de tenter l'aventure. Et, pour cela, il avait effectivement besoin de l'assistance d'Eva Carrillo. Entre autres pour l'hébergement.

Car, au pays des *barbudos*, tout était surveillé, y compris et surtout les hôtels, tous réunis sous les bannières nationales Gaviota, Intur et Cubanacan. L'hébergement chez un HC[4] US local étant jugé trop risqué par Hal Brognola, ne restait à Bolan que l'option « chez l'habitant ». Formule strictement illicite à Cuba. D'où l'utilité… et le petit

4. Honorable correspondant.

chantage de la détective. Car elle aussi avait un « correspondant » à Cuba.

Lisa Colón, la mère de Gloria Colón, la jeune *balsera*, dont la détective avait emprunté l'identité pour tamponner le clan Sastroso, et qui habitait du côté de Camagüey.

Une aide sûrement précieuse, à condition que l'intéressée puisse ou veuille bien les accueillir. Pas de téléphone, impossible à joindre autrement que par courrier. Trop long, et surtout, trop risqué. A Cuba, les familles des exilés, les *escorias*, littéralement la crasse, étaient parfois surveillées. Dans l'île, les mouchards à la solde du pouvoir n'étaient pas rares. Il fallait bien vivre.

— On va atterrir, monsieur.

C'était les premiers mots de l'officier assis derrière Eva et Bolan. Comme les trente autres militaires occupant les sièges répartis entre les divers chargements de l'énorme quadri-turbopropulseur, le capitaine en question avait reçu l'ordre de ne poser aucune question ni entamer le moindre dialogue avec le couple, et le Guerrier ignorait pour qui le numéro Un du *Justice Department* les avait fait passer. En tout cas, le fédéral avait fait vite. Preuve que, à l'instar de l'Exécuteur, il avait accordé la plus haute importance au contenu du DVD qu'il lui avait fait parvenir par informatique.

Il y avait de quoi.

Si le Guerrier menait son blitz jusqu'au bout et s'il réussissait l'opération finale, il aurait sûrement droit à une médaille... incognito, bien sûr.

A moins qu'elle ne soit posthume.

Car, s'il connaissait Cuba pour y avoir déjà largement opéré, il savait combien les risques y étaient importants. Ici, les *barbudos* comme la police ne faisaient guère de quartier, et, en cas de malheur, mieux vaudrait pour lui qu'il soit tué au combat que fait prisonnier. A côté de leurs centres d'interrogatoires, le camp d'internement de Guantanamo tant décrié par certains ressemblait presque à un internat religieux. Quoique…

Abandonnant la contemplation du panorama par le hublot, Eva Carrillo resserra sa ceinture, sortit une carte de Cuba de son sac à dos, se mit à la consulter avec application. Pour un peu, on l'aurait prise pour une simple touriste. Alors que l'appareil amorçait son final, elle interrogea :

— C'est pas la porte à côté, Camagüey.

On pouvait le dire. En forme « d'alligator vert aux yeux de pierre et d'eau », selon le poète Nicolás Guillén, justement né à Camagüey, l'île de Cuba était longue de 1 250 kilomètres. Tout y était loin de tout, et les moyens de déplacement extrêmement réduits. La jeune femme interrogea :

— Tu crois qu'ils vont nous prêter un véhicule ?

Ils, c'était le comité d'accueil de la base, activé par Brognola en personne, de son bureau de Washington. Bien sûr, Bolan ignorait comment ce dernier avait pu accomplir un tel prodige, mais le résultat en disait long sur la puissance et l'autorité du fédéral.

— Affirmatif, acquiesça Bolan sans rire. Un char Patton.

— Pfff ! Malin, va !

Evidemment, bien que le C-130 soit tout à fait apte au transport de véhicules lourds, pas question pour l'Exécuteur d'acheminer son char de guerre. A Cuba, compte tenu de la jeunesse du parc automobile, la vue de ce genre de véhicule aurait fait plus d'effet que l'apparition d'une soucoupe volante. Discrétion assurée. Seul, son armement de poing et quelques accessoires s'ajoutaient à ses effets personnels, dans le contenu du gros sac à dos remplaçant pour la circonstance son sac de voyage habituel. Le Snake et ses chargeurs, le Beretta 92-F et son silencieux, le 93-R et ses chargeurs longs, deux P.-M. micro Uzi, leurs chargeurs et leurs réducteurs de son, un poignard de commando à lame phosphatée, un petit stock de « pâte à tarte », ses crayons détonateurs et leur système de déclenchement à micro ondes, et quelques « monnaies d'Herman » nouvelle génération. Presque silencieuses, mais très aveuglantes. Spécialement prévues pour le genre d'action qu'il allait devoir mener ici, et d'une intensité jamais égalée jusqu'alors. De quoi altérer la vue durant plusieurs minutes. Efficace chez les humains… et chez les chiens.

Chez les barbus de Castro, il y en avait.

Hors armement, il emportait son téléphone satellitaire, le nouveau mini Caméscope Smart à vision nocturne que lui avait fait parvenir Herman « Gadgets » Schwarz en urgence, en remplacement de l'exemplaire pulvérisé l'avant-veille dans le parking de Flagler. Plus un notebook *duo core*, copie réduite, aux performances accrues, du computer à logiciel de communication satellitaire, déjà utilisé lors d'un précédent blitz en France[5]. Bien pratique pour le suivi d'objectif en déplacement. En prime, et en prévision de leur exfiltration par la voie aérienne, Hal Brognola lui avait fait parvenir deux passeports parfaitement en règle, munis de visas et portant déjà le tampon de l'immigration cubaine, aux noms de Mr et Mrs Moses, de nationalité canadienne. A l'instar des français, des italiens et des espagnols, les touristes canadiens fréquentaient volontiers Cuba, et y étaient bien vus.

L'Exécuteur en était là dans sa réflexion, quand les roues du C-130 touchèrent le tarmac de la base de Guantanamo. A peine l'appareil immobilisé, les militaires assis derrière

5. *Le capo et le Monsignore*, L'Exécuteur N° 240.

eux empoignèrent leurs bardas et commencèrent à refluer vers l'arrière de la cabine en file indienne. Quittant son siège à son tour et alors que les moteurs se taisaient, le capitaine se pencha par-dessus le dossier de Bolan en intimant :

— Attendez. On vient vous chercher.

Puis, sans un mot de plus, il suivit ses hommes qui quittaient l'appareil, laissant Bolan et la jeune femme seuls dans la cabine.

Trois minutes plus tard, ils virent par le hublot une jeep venir s'arrêter au pied de l'avion, avec deux militaires à bord, dont un gradé. Le passager. Ce dernier sauta à terre, émergea bientôt dans la cabine. Un autre capitaine. Physique de commando, regard bleu, droit et froid. Salut réglementaire, puis :

— On vous attend, monsieur.

Sans un mot, le Guerrier se leva, empoigna son sac à dos, fit signe à Eva Carrillo de le suivre, et emboîta le pas à l'officier. Après une course rapide entre les bâtiments de la base sous une brise moite chargée d'odeurs marines, et sous les regards indifférents de militaires à l'exercice, la jeep pénétrait en trombe dans un hangar, pour stopper au pied d'un énorme blindé tout-terrain de transport d'unités en cours d'entretien. Devant la cabine de pilotage ouverte, un technicien en tenue bleue et coiffé d'une casquette, appareil de mesures en main.

— Descendez, monsieur.

Le capitaine avait cette fois nettement appuyé sur le « monsieur », accompagnant son invite d'un regard entendu. Comprenant parfaitement le message, le Guerrier sauta du véhicule en lançant à Eva Carrillo :

— Attends-moi ici.

Sans doute impressionnée par le lieu, la procédure très militaire et l'atmosphère pesante, la jeune femme n'osa pas protester. Tandis que la jeep attendait avec ses deux occupants, le technicien fit signe à Bolan :

— *There*, dit-il en indiquant l'arrière du véhicule blindé.

Intrigué, le Guerrier gagna la porte arrière et, sous le regard légèrement inquiet d'Eva Carrillo, il grimpa à l'intérieur. Saisi par la chaleur de four qui y régnait, il entendit un bruit sourd.

La porte s'était refermée dans son dos.

— *¡Amor !* Je n'en peux plus !

Souffle court, visiblement épuisée, Irena Malena essayait de repousser le corps massif de son amant. Mais Mario Ortega pesait bien trop lourd. Ancien demi-finaliste de boxe aux championnats nationaux des mi-lourds, devenu voyou par nécessité… par goût aussi, et ayant connu la prison par trois fois, le boxeur s'était reconverti dans le body building. Il avait même réussi à monter un centre digne de ce nom à La Havane. Un club, façon cubaine, c'est-à-dire, avec des moyens limités, et du matériel recyclé. Cela lui permettait à la fois de satisfaire son goût du sport, de gagner un peu de fric, voire parfois quelques dollars avec les touristes de passage, et de conserver une couverture aux yeux des autorités. Très utile. Car à Cuba comme ailleurs, même occasionnelle, l'activité de tueur à gages était plutôt mal vue.

Si, en plus, les flics apprenaient pour qui il bossait…

— *¡ Amor ! ¡ Basta ! ¡ Por favor !* Assez !

A croire que cette petite salope était sur le point de rendre l'âme ! En fait, Mario Ortega n'avait jamais bien su si Irena jouissait vraiment si fort avec lui, ou si elle simulait. D'ailleurs, il s'en foutait. Lui, il prenait son pied avec elle depuis plus de six mois, et bien qu'il l'ait ramassée sur le Malecón au milieu des *jiniteras*, les filles pour touristes, il aimait faire l'amour avec elle. Docile, bougeant comme il fallait, pas compliquée, pas chère non plus. La sortir dans les boîtes ou lui offrir une bricole achetée en devises dans une boutique pour touristes lui suffisait. Alors, Mario Ortega baisait comme un dingue. Parfois si passionnément, si violemment même, qu'il ne se contrôlait plus. Un problème, avec certaines filles. Ça leur faisait peur. Deux jours plus tôt, il en avait fait valser la table de chevet, avec tout ce qu'elle supportait, cigares, briquet, téléphone etc. Résultat, un beau bordel. Surtout le téléphone. Satellitaire. Un truc qui coûtait la peau du cul, que Jaime, ce colosse de *comunidad*[6], lui avait laissé en dépôt, lors d'un de ses voyages « touristiques ». Pour qu'on puisse le joindre à tout moment. Par ici, les portables classiques, ça ne devait même pas fonctionner douze fois par an. Très abîmé, le beau téléphone très cher, mais, à Cuba, tout ou presque pouvait se réparer, et Mario Ortega avait des copains dans le bricolage. C'était même un métier lucratif, par les temps qui couraient. Casseroles, grille-pain, phonos des années 50, tout y passait un jour ou l'autre. Ils lui avaient réparé l'appareil. Heureusement, car les patrons de Jaime n'auraient pas été contents. Depuis, il le traînait partout, son putain de téléphone. Tout juste s'il ne couchait pas avec. Par ailleurs, ses copains bricoleurs lui avaient également réparé le luminaire sur pied acheté un mois plus tôt à prix d'or en boutique Intur, lui aussi complètement pété dans l'histoire. Un truc halogène. Comme si, à Cuba, les ampoules de ce type se trouvaient facilement !

6. Appellation plus correcte que Escoria, pour désigner les exilés cubains.

— *¡ Mierda !* Arrête, Mario !

Plus que le propos, ce fut le ton qui surprit Ortega.

D'une détente rageuse et profitant de son désarroi, Irena parvint à rouler de côté, l'éjectant du même coup de l'endroit qu'il pilonnait depuis si longtemps. Lançant une main sous ses reins, elle s'exclama encore :

— *¡ Hijo de... !* Tu pourrais faire attention à tes affaires !

Les « affaires » en question, c'était le téléphone. Le cellulaire ! Dans la fougue de ses émois, Mario Ortega l'avait balancé sur le lit, et ils avaient roulé dessus pendant leurs ébats. Lâchant subitement l'appareil qui roula à terre, la jeune femme s'énerva :

— Hé ! Qu'est-ce qu'il a, ce truc !

Presque peur. Pourtant pas de quoi. Rien que le mode vibreur du satellitaire. Elle ne connaissait pas.

— *¡ Puta !*

Mario Ortega s'était littéralement jeté au bas du lit. Se cognant la tête à l'un de ses montants, il rattrapa le téléphone qui tournoyait lentement sur le carrelage. Décrochant dans la foulée et priant pour qu'il fonctionne encore, il cria presque dans le micro :

— *¡ Diga !*

Une espèce de souffle dans l'écouteur, puis :

— *Es mi.*

Présentations inutiles. Jaime. D'ailleurs, lui seul et ses boss connaissaient ce numéro.

— *¡Si, si !* souffla Ortega, encore essoufflé par ses performances sexuelles. *¡ Espere !*

Puis masquant le micro de la main et s'adressant à Irena qui l'observait incrédule, il gronda :

— Va rafraîchir ton cul, *cariño.*

Visiblement vexée, mais docile et sublimement impudique,

la jeune pute quitta la chambre sur la pointe des pieds. Ortega reprit son souffle, lançant dans le téléphone :

— *¿ Si ?*

— Qu'est-ce que tu branles, bordel ! cracha immédiatement la voix du *comunidad*. J'ai pas arrêté de t'appeler hier !

On ne lui avait rendu le téléphone réparé que ce matin. A Little Havana, ils n'auraient pas aimé entendre ça !

— Panne de batterie, mentit le tueur. Mais maintenant…

— Maintenant, imbécile, tu la boucles, et tu écoutes. Très attentivement.

Mario Ortega écouta. Et quand son correspondant eut raccroché, il sut qu'un joli paquet de dollars allait bientôt lui être livré. A condition de ne pas se rater et de faire très vite.

CHAPITRE XVII

Dans la pénombre de l'habitacle du véhicule, l'Exécuteur aperçut deux rangées de sièges métalliques. Au milieu de l'une d'elles, une silhouette, assise, à peine discernable dans la lueur d'une ligne de mini veilleuses disposées au sol, un petit paquet de couleur claire posé près d'elle. Un militaire, apparemment en treillis, sans grade visible, désignant du geste la rangée d'en face.

— Asseyez-vous.

Voix rêche, ton sec. Bolan s'assit à l'endroit indiqué, leva les yeux, essayant de distinguer le visage de son interlocuteur. Mais les veilleuses étaient trop faibles. Sans attendre, l'homme envoya le paquet au Guerrier, qui l'attrapa au vol.

— Sous-vêtements militaires U.S. Pour vous et pour votre équipière. Plus quelques bricoles.

Incrédule, Bolan allait s'étonner, quand l'autre enchaîna :

— Vous devrez vous débarrasser de vos sous-vêtements civils, les remplacer par ceux-là, et vous rhabiller avec vos vêtements actuels. Dans le paquet, vous trouverez également des papiers militaires. Vrais-faux, pour en cas de problème. Si, en quittant la base, vous êtes pris par les *barbudos*, vous direz que votre équipière est la femme d'un officier de la base particulièrement jaloux et violent, qu'elle est votre maîtresse, que vous avez peur pour sa vie s'il découvre votre liaison, que vous désertez pour vivre votre amour en toute liberté, que vous êtes gauchiste, dégoûté de la politique impérialiste des U.S.A., et que vous désirez demander l'asile politique. Après, vous vous démerderez avec eux.

Scénario parfaitement tordu. Prenant le silence de Bolan pour de la réticence, son interlocuteur précisa :

— C'est le deal. Convenu avec votre autorité.

Son autorité, c'est-à-dire Hal Brognola qui n'avait rien révélé de ce deal à Bolan. D'ailleurs, peut-être n'en connaissait-il pas vraiment les détails.

— Pas question de mouiller la Navy dans cette histoire, ajouta le militaire. Pour votre autorité et pour nous, cette opération porte le nom de Mojito. Un code inscrit nulle part, et qu'on oubliera dès votre sortie de la base.

Mojito ! Un cocktail bien connu, spécialité de la Bodeguita del Medio, café célèbre de La Havane. Un nom de code vite oublié. Bolan ignorait ce que Brognola avait raconté à la Navy, mais, visiblement, ce gars-là n'aimait guère l'histoire en question. Bien sûr, on était à Cuba, et la politique extérieure U.S. actuelle n'était pas appréciée par tout le monde.

— On ne sait pas pourquoi, mais en ce moment, les barbus sont sur les dents. Ils multiplient les patrouilles autour du périmètre, si vous voyez ce que je veux dire.

L'Exécuteur voyait. Le périmètre en question désignait celui de la base, y compris les débouchés sur la mer. En clair, leur exfiltration ne s'annonçait pas comme une promenade de santé. Un instant, Bolan se demanda s'ils avaient bien fait d'emprunter cette filière, plutôt que la voie touristique, mais, depuis ses précédents blitz dans l'île, son anonymat n'était plus très solide, et José Martí Aeropuerto était truffé de mouchards. Les indics locaux du *Justice Department* l'avaient encore récemment confirmé. Là et ailleurs, les déplacements du Guerrier à l'étranger devenaient de plus en plus risqués. De toute façon, il était trop tard pour changer de stratégie.

— On nous a dit que vous étiez équipé, enchaîna encore le militaire.

— Affirmatif, renvoya le Guerrier.

— On nous a dit aussi que vous aviez votre propre dispositif de vision nocturne.

— Affirmatif.

— Ça tombe bien. Vous en aurez besoin, et les *barbudos* n'en sont guère dotés. Question de moyens. On vous lâchera donc cette nuit. En ce moment, c'est sans lune.

Prenant l'initiative du dialogue, le Guerrier interrogea :

— Vous nous lâchez où ?

— En limite de périmètre Nord-Ouest. Evidemment, pas au niveau de l'accès officiel de la base, c'est trop surveillé. Ils ont même installé des longues-vues sur pivot sur les hauteurs.

L'Exécuteur était au courant. Des appareils officiellement réservés aux touristes avides de sensations fortes… et aux autochtones enivrés et frustrés à la fois, de voir d'aussi près l'inaccessible paradis américain. Un matériel que les observateurs militaires locaux utilisaient également. Bolan insista :

— Il y a d'autres issues ?

— On vous en a préparé une, éluda le militaire. A l'endroit le moins accessible aux barbus. Une espèce de maquis. Une fois que vous serez passés, on ne se connaît plus. O.K. ?

— O.K., mais…

— *Right*, coupa le militaire. En filant tout droit, vous finirez par trouver un chemin du genre muletier. En le suivant sur environ un mile vers l'ouest, vous tomberez au croisement d'une petite route. Elle conduit à la bourgade de Mata Abajo. Dans les fourrés sur votre droite, un correspondant local a planqué un vieux Solex à votre intention. Bricolé pour deux, avec porte-bagages et tout. Grâce à votre système I.L., vous le trouverez facilement. A Mata Abajo, suivez la route jusqu'à l'entrée de Guantanamo. Une dizaine de miles. Vous y trouverez un night club très fréquenté, à la fois par la jeunesse du secteur, et par les touristes en mal de couleur locale. Il vous suffira alors d'actionner le bip du porte-clés de voiture qui est dans le paquet, pour faire clignoter les feux du véhicule que le même correspondant a laissée là pour vous. Laissez le Solex sur place, il sera récupéré.

— O.K., répondit Bolan. La sortie est prévue à quelle heure ?

— 1 heure du matin. Dans le secteur concerné, c'est l'heure de la relève des patrouilles. En attendant, on va vous loger, et vous servir un repas. A l'heure dite, je viendrai vous chercher, pour vous guider jusqu'au point d'exfiltration. Pour la suite, bonne chance…

— *Thanks*, remercia l'Exécuteur.

Puis, le paquet à la main, il quitta son siège, gagna la porte arrière qui s'ouvrit aussitôt.

Le compte à rebours commençait. L'opération Mojito devrait être fulgurante. Un blitz éclair. Faute de quoi, le temps jouerait contre eux avec tous les risques que cela entraînerait. Maintenant, Bolan regrettait d'avoir accepté la présence de la détective. Si jamais elle paniquait…

Décidément, il ne partait pas pour une promenade de santé !

— *It's here.*

Dans la rumeur de la nuit, la voix du militaire avait été à peine audible. C'était le lieu de leur séparation. Sur l'écran feuille du nouveau Smart activé devant son œil droit, l'Exécuteur aperçut un épais grillage maintenu par de gros poteaux en acier, dont certains assemblés par deux en guise de renforts. Le tout posé sur de grosses platines métalliques, et surmonté de frises acérées. Au pied du grillage agrafé aux platines et à une semelle en ciment, un tapis de friches courant tout au long. Visiblement, l'endroit le plus éloigné des zones sensibles de la base, dont on apercevait les lumières au loin. L'extrême frontière entre deux mondes, où ils étaient arrivés à bord d'un véhicule électrique quasi silencieux, tous feux éteints, piloté par le militaire inconnu, lui aussi doté d'une lunette I.L. Mais le Guerrier avait beau forcer son œil droit, il n'apercevait aucune issue dans le treillis serré du grillage. Il allait s'en préoccuper, quand son cicérone enjoignit à voix basse :

— Restez là.

Il s'avança au pied d'un des doubles poteaux métalliques de la clôture, se baissa, farfouilla dans la friche, en écarta un paquet, découvrant une plaque de béton jusqu'alors indécelable et semblable à un couvercle de regard sanitaire, muni d'un anneau en acier. Il tira, souleva la plaque qui bascula de côté, révélant effectivement une sorte de regard, mais, d'où il était, Bolan ne pouvait rien deviner de plus. Eva encore moins. Aveugle dans la nuit noire, elle était si près de lui qu'il percevait sa respiration un peu lourde. L'appréhension. Après plusieurs manipulations mystérieuses du militaire, il y eut une suite de faibles grincements, suivis d'un léger ronronnement. Et, soudain, le Guerrier se crut le jouet d'une hallucination.

La clôture s'ouvrait ! Plus exactement, une partie du double poteau se séparait lentement de l'autre, coulissant sur la platine et pratiquant une mince ouverture verticale entre les montants, ponctuée de gougeons métalliques, visiblement destinés à conserver sa rigidité à l'ensemble. Au sommet de la clôture, les torsades de barbelés s'étaient à peine tendues. Quand le mouvement s'arrêta, l'ouverture entre les poteaux ne dépassait pas trente centimètres. Juste de quoi laisser passer en force le corps d'un homme. De profil, et sans trop de brioche.

Il suffisait d'y penser.

Le militaire se redressa, rabattit la dalle sur le regard, souffla en remettant le tas de friches en place :

— *Go !*

Pas vraiment des adieux déchirants. Dans la foulée, il ajouta :

— Délai de passage, vingt secondes.

Vingt secondes ! Un système à minuterie ! Jurant intérieurement, le Guerrier débarrassa Eva Carrillo, la tira en avant, et sans lui lâcher le bras, envoya les sacs entre les poteaux en soufflant à son tour :

— Vite !

Dans leur dos, le véhicule électrique repartait déjà. Poussant la détective dans l'ouverture, Bolan la suivit aussitôt, se retrouva à l'extérieur de la clôture, perçut encore le léger ronronnement, vit les deux poteaux se rapprocher de nouveau. Au-delà, la silhouette du véhicule avait disparu. Coopérants, les gars de la Navy, mais pas de zèle intempestif.

Savoir pour qui Hal Brognola les avait fait passer...

— Eh ben !

L'exclamation étouffée d'Eva Carrillo résumait bien leur état de pensées à tous deux. Ce système-là n'avait pas été élaboré rien que pour eux. Moralité, des incursions U.S. avaient régulièrement lieu sur le territoire cubain. Renseignement, infiltrations, noyautage... Le militaire inconnu n'appartenait probablement pas *qu'à* la Navy.

Comme si elle lisait dans les pensées du Guerrier, Eva Carrillo murmura :

— Je n'ai rien vu.

Une fille intelligente. Et sans doute prudente.

D'ailleurs c'était vrai, dans cette nuit noire, elle n'avait pas pu voir grand-chose. Lui soufflant de se taire, l'Exécuteur remit les sacs sur leurs dos, fouilla de son œil droit la nuit verdâtre de l'écran du Smart, palpant machinalement les dollars explosifs de l'ami Herman qu'il avait pris soin de glisser dans sa poche de blouson. Autour, le paysage aride se piquetait de maquis au nord-ouest. Apparemment pas âme qui vive. Pourtant, l'Exécuteur le savait, les patrouilles cubaines ne cessaient jamais vraiment dans ce secteur. Question de principe. A moins que le DES, le *Departemento de Securidad del Estado*, ou le DIM, l'Intelligence Militaire du pays, n'aient éventé l'astuce depuis longtemps, et n'aient laissé faire, histoire de bien appâter ses futures prises. A intox, intox et demie. En matière de vice, les services cubains n'avaient rien à envier à ceux de leur grand frère de l'ex-K.G.B.

Se tournant dans la direction indiquée par le militaire

et saisissant de nouveau la main de la détective, il pressa tout bas :

— C'est parti !

D'abord, le terrain plat et le peu de végétation leur permirent de couvrir une distance raisonnable. Mais paradoxalement, à mesure que le sol montait, que le maquis s'épaississait, ils durent faire plus attention. Le sol inégal, les cailloux qui roulaient sous leurs pieds… trop de bruit. Dans la paume de Bolan, la main de la jeune femme se crispait de plus en plus, et son souffle se faisait plus rapide. L'effort, l'appréhension, le manque de vision. Enfin, ils pénétrèrent bientôt dans une végétation plus dense, faite de massifs d'épineux, de friches et d'arbres rabougris. De plus en plus nombreux à mesure de leur progression. La rumeur marine s'estompait, et les sons de la faune commençaient à se faire entendre. Frôlements, grattements, froissement d'ailes et cris d'oiseaux nocturnes. Laissant à Eva le temps de reprendre son souffle, le Guerrier fit une pause, fouillant du regard le crépuscule artificiel qui les entourait. Rien d'inquiétant a priori. Derrière eux et en contrebas, les eaux de la rade et de la baie de Guantanamo luisaient faiblement sous le ciel sans lune. La seule chose que la jeune femme puisse sans doute distinguer vraiment. Bolan l'entendit murmurer :

— *¡ Madre de Dios ! Estoy a Cuba !*

A peine un souffle, mais il y avait eu comme une mollesse dans la voix d'Eva Carrillo. C'était vrai, elle était à Cuba, l'île de ses racines. Emouvant. Forcément. Mais l'Exécuteur ne l'avait pas emmenée pour lui permettre de contempler les beautés du pays de ses origines. Il fallait repar…

Soudain, un concert de bruits d'ailes. Des piaillements.

Des oiseaux affolés fuyant les frondaisons. Des sons divers, et brusquement…

— *¡Eh ! ¡Allí !*

Une voix forte ! Rageuse ! Les rayons d'une lampe torche ! Et aussitôt, des jappements furieux.

Un piège ?

CHAPITRE XVIII

Une patrouille de *barbudos* et leurs chiens !

La situation semblait désespérée. Jouer les touristes promeneurs ? Possible grâce à leurs faux passeports portant visas, mais complètement stupide. Avec leurs sacs à dos. Surtout celui de Bolan, plein d'objets très répréhensibles. Pareil s'ils interprétaient le rôle de déserteurs amoureux suggéré par le militaire inconnu. En fait, rien ne tenait.

— *¡ Madre de... !*

La suite de l'exclamation d'Eva Carrillo se perdit dans le concert des aboiements. Les chiens arrivaient, suivis de près par deux silhouettes entraperçues dans les trouées de la végétation. Un rayon de lampe frôla Bolan, rampa sur les feuilles, revint vers lui, le prit dans son faisceau.

D'instinct, l'Exécuteur s'était jeté derrière un taillis, entraînant la détective dans l'élan. La jetant littéralement à ses pieds, il avait déjà extrait deux dollars de sa poche, les avait glissés entre ses dents, les avait tordus.

— *¡ Eh, vosotros !*

Bolan n'écoutait ni les appels, ni les aboiements. D'un mouvement ample, il avait balancé le bras, jetant les deux faux dollars qui décrivirent une parabole tournoyante dans le rayon blême de la lampe. Tout en fermant les yeux, il lança à l'adresse d'Eva :

— *Close your eyes !*

Dans la seconde suivante, il y eut deux souffles aigus, suivis de deux éclairs simultanés. Si blancs, si intenses qu'il en fut presque ébloui malgré ses paupières closes. Deux exclamations sourdes s'élevèrent, suivies d'un aboiement aigu.

— *Go !* lança encore Bolan.

Sans lâcher la jeune femme, il rouvrit les yeux et s'élança, fonçant dans la direction qu'il s'était fixée, sourd aux cris des deux soldats éblouis. Le chien s'était tu, mais soudain, deux coups de feu résonnèrent dans leurs dos. Sommations. Pour la suite, les *barbudos* ne s'embarrasseraient pas de procédures. Heureusement ils étaient aveugles pour un moment. Entraînant Eva Carrillo dans son sillage, le Guerrier accéléra encore la cadence. Se griffant aux épineux et tirant de plus en plus la jeune femme qui s'essoufflait, il n'avait qu'un but : le chemin muletier.

Et, brusquement, ses semelles résonnèrent sur un sol différent. Il baissa les yeux, sentit son estomac se dénouer. Ils étaient sur le sentier. Maintenant, à gauche toute. Une légère pente, nouvelle accélération. Derrière, les cris, les appels des *barbudos*. Loin. De plus en plus. Mais de nouveau les aboiements.

— *Quickly !* pressa Bolan.

La patrouille avait dû lâcher le chien. Tant que l'animal resterait aveugle… mais ça ne durerait pas. Le flair était là. Intact.

— *Go ! Go !* encouragea Bolan. On y est pres…

Les aboiements ! Plus proches. Le chien avait flairé leur piste. Normal. Au moins trois minutes qu'ils couraient et…

Là, juste devant, la route ! Dans leur course, ils avaient dû couper. Et les fourrés, à droite. Lâchant la main de la jeune femme, le Guerrier plongea sans la végétation, farfouilla, en vain.

— *Mack ! The dog !*

Bien sûr, le chien ! Mais sans ce putain de Sol... Là ! Une roue ! Une selle, une espèce de plateau bricolé derrière, plus un porte-bagages ! Le Solex ! Une antiquité d'un siècle au moins, mais bien là !

Bolan tourna la tête, aperçut une portion du sentier par-dessus les fourrés. Puis une forme, qui déboulait.

— *Shit !*

Comme un fou, il attrapa un autre dollar dans sa poche, le tordit en criant :

— Ferme tes yeux !

Il balança la pièce, se baissa, empoigna le cadre du Solex en fermant les yeux à son tour. Nouveau souffle aigu derrière lui, nouvel éclair terrible... Déjà, l'Exécuteur avait arraché le Solex du fourré. Se propulsant sur le chemin, il l'enfourcha, rejoignit Eva restée tétanisée, l'attrapa par un bras, gronda :

— Grimpe !

Alors que, derrière eux, le chien tournait sur lui-même comme une toupie, il avait fait basculer le bloc moteur. A l'aveuglette, la jeune femme parvint à se hisser sur le plateau bricolé. Se plaquant au sac à dos de Bolan et l'empoignant par la taille, elle lança d'une voix essoufflée :

— Vas-y !

Comble de chance, aux premiers coups de pédales le moteur démarra.

*
* *

Mario Ortega avait l'impression de rouler depuis des siècles. Sitôt l'appel de Jaime, il avait viré Irena, s'était précipité sous la douche, et, quinze minutes plus tard, à la nuit tombante et sac de voyage au poing, il avait sauté au volant. Maintenant, après plus de six heures de route, il sentait la fatigue augmenter, mais chaque kilomètre gagné par l'antique Lincoln décapotable le rapprochait du but. Et d'un paquet de dollars. Alors, il appuyait sur le champignon, faisant gronder le moteur plus que de raison, et bien au-dessus de la vitesse raisonnable. Mais la *Ochos Vias*, l'unique autoroute de Cuba, lui avait permis ce type de performance, et, malgré son âge, la Lincoln tenait bon. Une bonne bagnole. Autrefois propriété d'un de ses « contrats », et qu'il avait « héritée » à l'exécution de celui-ci. Son salaire, en quelque sorte, avec, en prime, le tout aussi antique Stechkin A.P.S, un automatique soviétique de calibre 9 mm Soviet, au chargeur de 20 coups, qui pouvait être doté d'une crosse d'épaule et tirer par rafales. Mais, malgré son puissant moteur, la Lincoln se faisait vraiment vieille. Mécanique, pneus… et même l'autoradio, qui vomissait des parasites à la tonne ! Vraiment, un nouveau « client » serait le bienvenu. Un flingue moderne également, genre P.A. Smith & Wesson, voire Beretta 93-R. Ou mieux, un vrai P.-M. Malheureusement, à Cuba, les rares armes circulant encore sous le manteau n'étaient que des antiquités soviétiques, et les voitures récentes étaient aussi rares que les lingots d'or dans une pochette surprise. Alors, chaque jour, Mario Ortega haïssait un peu plus le régime castriste. Des décennies que l'idéologie à la con du lider maximo coupait Cuba du reste de la planète, et des décennies que ces abrutis de *yumas*, ces Amerloques prétentieux asphyxiaient le peuple de l'île avec leur blocus. Comme si lui et les autres étaient pour quelque chose dans cet immense bourbier lénino-trotskiste mis en place près d'un demi-siècle plus tôt, par deux barbus illuminés ! Les Cubains de cette époque étaient peut-être d'accord. Ceux qui en avaient bavé sous Batista. Mais pas lui ! Lui, il voulait du fric. Beaucoup de dollars. Et s'il fallait pour ça massacrer des familles entières, enfants compris, il le ferait. Pas d'états d'âme. D'ailleurs, il en avait déjà tué, des gnards. Enfin, un et demi. Un mort, et un raté. Moelle épinière touchée, seulement paralysé. Deux des morveux d'un petit *jefe* de La Havane, qui avait fait faux bond à un autre. Justement un frère de celui auquel il allait rendre visite cette nuit. Etrange retour des choses. Les caprices du destin.

La Lincoln avait dépassé Ciego de Ávila, et la route de Camagüey était nettement moins confortable. Ensuite, ce serait celle de Las Tunas. Heureusement, son « contrat » se situait entre les deux villes. Patience, et endurance. Encore des kilomètres. Environ 150. Pas les plus faciles. Environ trois heures, et Mario Ortega serait à pied d'œuvre. La fin de la nuit. Période où le sommeil est encore profond, le bon moment pour opérer. L'effet de surprise, l'action rapide, et…

Un bruit soudain stoppa net les réflexions de *l'assassino*. Comme une petite explosion sourde, venue de sous la voit…

— *¡ Y mierda !*

Un pneu éclaté ! Il allait devoir changer sa roue ! En espérant que l'autre ne soit pas dégonflée. Avec ces putains de pneus rechapés…

— C'est quoi, ça ?

Ça, c'était un affreux bruit de casserole. Un son très inquiétant, qui secouait à la fois le moteur et la carrosserie de l'improbable véhicule. Une 2 Chevaux. Une de ces vieilles Citroën en tôle plus ou moins ondulée, qui avaient fait la gloire de la marque française au milieu du siècle précédent. Une deux « pattes » comme disaient les Français, dont les feux arrière avaient bel et bien clignoté, quand Bolan avait actionné la télécommande du porte-clés à l'approche du night, comme l'avait précisé le militaire inconnu. Une 2 Chevaux à commande électronique, il n'y avait qu'à Cuba que l'on pouvait trouver un bricolage pareil !

Cette question, Eva Carrillo l'avait posée au moins dix fois depuis leur départ de Guantanamo *ciudad*. Crainte de tomber en panne, de rencontrer un contrôle un peu trop pointilleux. Des passeports et des visas touristiques sans faille, mais pas de bons d'hôtels, pas de coupon Cuba Linda, seul organisme habilité à gérer les rares hébergements chez l'habitant, et pas de cartes de tourisme. Absolument obligatoires, et seulement délivrées avec les réservations. Donc, situation illégale. D'autant que, depuis leur fuite à Solex une heure et demie plus tôt, le tocsin avait dû sérieusement sonner chez les flics cubains. Certes, ils avaient réussi à échapper aux *barbudos*, mais les effets aveuglants des monnaies explosives avaient dû être signalés, et devaient sacrément intriguer les autorités.

Pas vraiment des méthodes de touristes.

Il n'y avait pas d'autoradio à bord de la 2 Chevaux, mais c'était sûr, la police cubaine était d'ores et déjà sur les dents, et à *José Martí Aeropuerto,* les contrôles seraient très vite renforcés. Quant au périmètre entourant la base de Guantanamo, inutile de songer le franchir avant longtemps. Le militaire inconnu allait être très contrarié.

Sans quitter la route des yeux, le Guerrier songeait à tout ça en même temps. Surtout à une chose.

Les délais.

Ceux dont il avait estimé pouvoir bénéficier pour l'action n'avaient plus cours. Plus que jamais, l'urgence prédominait, et Camagüey, lieu de résidence de la mère de la vraie Gloria Colón, se trouvait encore à plus de 200 kilomètres. De quoi se faire arrêter une bonne centaine de fois. Or, son premier objectif se situait bien avant. Justement entre Las Tunas et Camagüey.

— Elle va nous lâcher. C'est sûr.

— *Espero que no*, renvoya Bolan, laconique.

Si la 2 Chevaux rendait l'âme, c'était la catastrophe. Ils seraient repérables comme deux mouches à la surface du lait. Mais, déjà, le plan d'urgence absolue s'était dessiné dans le cerveau de l'Exécuteur. Pousser jusqu'à Camagüey ferait vraiment perdre trop de temps. La visite à la mère de Gloria Colón, ce serait pour plus tard. Une fois son objectif final atteint. S'ils en avaient encore le temps, s'ils n'étaient pas arrêtés par la police, et s'il n'était pas mort. Car il s'en doutait bien, les Sastroso avaient forcément donné l'alerte, voire organisé de Miami un comité d'accueil local. Peut-être même avaient-ils déjà expédié une force de frappe contre lui. Du Mexique ou d'ailleurs, les avions allaient vite. Autant d'inconnues, qui ne faisaient qu'augmenter le sentiment d'urgence. S'adressant à la jeune femme, le Guerrier proposa :

— Voilà ce qu'on va faire...

Eva Carrillo était détective, elle avait déjà su prendre beaucoup de risques en infiltrant le clan Sastroso, et son comportement de la veille, pendant et après le blitz, prouvait son expérience et son self control.

Et après tout, elle avait insisté pour l'accompagner.

— *De acuerdo*, dit-elle, sitôt l'exposé du Guerrier achevé.

Pas une ombre d'hésitation. Sacrée nana.

— A une condition, ajouta-t-elle tandis qu'il ralentissait pour éviter une série de nids-de-poule. Tu me jures qu'après, on passera *absolument* par Camagüey.

La jeune femme avait lourdement appuyé sur *absolument*. Décidément, elle y tenait, à cette visite à la mère de sa copine ! Bolan hésita. Si les choses tournaient mal, l'étape de Camagüey et le contretemps qu'elle occasionnerait pourraient présenter un risque majeur, mais, a contrario, laisser passer la tempête planqués chez Lisa Colón, serait peut-être utile. Il soupira :

— Juré.

Le plus dur restait à venir.

— Voiture de merde !

Malgré le vent de la course, Mario Ortega était encore en sueur. Dévisser les écrous rouillés de la roue avait été un vrai supplice, monter le cric également. Un pas de vis calaminé, la mécanique faussée, etc. Le montage de la roue de secours n'avait guère été plus facile, et il avait perdu une demi-heure.

C'était une heure et demie plus tôt, mais, depuis, le pourri ne décolérait pas. Heureusement, il venait de passer Florida, et Camagüey n'était plus qu'à une quarantaine de kilomètres. En tout, une centaine jusqu'à Guáimaro. Comparé à ce chemin de croix, la suite du programme ressemblerait à un simple passe-temps.

En souhaitant que les pneus tiennent bon !

CHAPITRE XIX

A cette heure, l'aéroport de Camagüey était d'ordinaire fermé. Mais la plate-forme recevait un important trafic touristique, dirigé ensuite vers les cayos de l'est. La tour de contrôle était allumée, et deux véhicules attendaient à son pied, lanternes en batterie, une antique Plymouth verte, et un 4x4 Toyota de couleur sombre, apparemment en bon état. A bord de la première, quatre silhouettes, à l'avant du deuxième, deux occupants. Un silence presque palpable régnait sur le tarmac, malgré la brise qui soufflait de l'est, faisant doucement frémir les ramures des palmiers rachitiques, derrière le parking de l'aérogare.

Une nuit sans histoire.

Tout semblait figé, quand, enfin, un ronronnement s'éleva dans la nuit du côté de l'ouest. Un son qui augmenta très vite, tandis que des feux clignotants apparaissaient dans le ciel étoilé. A l'approche de l'avion, le passager du 4x4 en descendit, s'avança sur le tarmac, mains dans les poches de sa veste claire. Un moment plus tard, l'appareil se posa sur la piste, ralentit très vite, pour venir s'arrêter devant les bâtiments techniques. Un gros monomoteur biplan blanc et bleu, marqué *Aerotaxi*. Un antique Antonov AN2, gloire passée de la flotte multi-usage soviétique et requalifié tourisme, dont le grondement assourdissant se tut enfin. Tandis que sa porte s'ouvrait, l'homme à la veste claire s'approcha. L'instant d'après, deux passagers sautèrent au sol. Un colosse en blouson, portant un gros sac de voyage, et un grand mince, en costume sombre, arborant une queue-de-cheval, et des lunettes de soleil, malgré la nuit. D'une voix de rogomme et s'adressant à ce dernier, l'homme à la veste claire s'exclama :

— *¡ Buenas noches, señor ! ¿ Vistos hicieron un buen viaje ?*

— *Si*, grommela l'intéressé.

Les lunettes noires se tournèrent vers les deux véhicules stationnés, et l'arrivant questionna d'un ton sec :

— Tout est O.K. ?

— Oui, monsieur, tout est prêt. Les hommes sont déjà là-bas.

L'arrivant à la queue-de-cheval acquiesça, se mit en marche vers les voitures en ordonnant :

— *Vamos.*

Puis se tournant vers le colosse sans ralentir, il enjoignit encore :

— Toi, essaye d'appeler Mario.

Après un long périple sur des routes finalement pas si mauvaises, et peu encombrées de vieilles américaines et de charrettes à bœufs, Mack Bolan avait stoppé la voiture à l'orée d'un bois touffu. Aussitôt, il avait sorti le computer de son sac, l'avait posé sur ses genoux et s'était mis au travail.

Incrédule, Eva Carillo fixait l'écran de l'appareil. Une image verdâtre, légèrement luminescente, piquetée de lueurs plus vives de teinte orangée, vaguement scintillantes.

Cela ressemblait à un panorama nocturne vu d'avion. Ou, plutôt, d'un hélico en vol stationnaire.

C'était presque ça.

En fait, l'écran de l'ordinateur portable restituait l'image d'une vidéo, opérée en direct par un des satellites de *Heaven Eye*, Œil Céleste, un très secret programme militaire U.S. Opération relayée par un réseau du beaucoup moins secret système Echelon, relié à la N.S.A. Une vidéo montrant exactement et en *live*, le secteur où ils avaient fini par arriver.

La zone de Guáimaro, à une quinzaine de kilomètres de Santa Lucia.

— Qu'est-ce que c'est ? demanda la détective.

Différant sa réponse, le Guerrier jeta un coup d'œil par la vitre ouverte de la voiture. Sur l'écran feuille du Smart, il distinguait nettement le décor. Ici, tout respirait le calme, la douceur de vivre. Des collines en pente douce, une végétation luxuriante, et, en bas dans la plaine, de vastes étendues de canne à sucre. Même la nuit, le paysage ressemblait à une carte postale. Une brise tiède faisait frémir les feuilles dans les arbres, et, au loin, vocalises d'oiseaux nocturnes et gloussements divers attestaient d'une vie animale intense. Cuba était belle, et, la nuit, sa pauvreté s'y voyait moins.

L'Exécuteur connecta son téléphone satellitaire au computer, et, après quelques procédures de mémorisation destinées au satellite, il composa un numéro. Le deuxième des deux qui figuraient sur les documents confisqués dans le coffre-fort du Latina Food Consortium, et qu'il avait mémorisés. Luxe étrange pour des citoyens cubains lambdas, il s'agissait de deux portables satellitaires. Mais, à Cuba et quand elles fonctionnaient, les lignes des portables classiques étaient régulièrement piratées par des organisations d'escrocs, voire illégalement facturés en *roaming* aux pauvres touristes étrangers par l'administration locale. Pas encore le cas pour les satellitaires. Grâce au sien, le Guerrier avait pu appeler le premier numéro, en début de soirée, à partir du local mis à leur disposition à la base de Guantanamo. Histoire de vérifier. Il était tombé sur un répondeur, et, bien sûr, n'avait pas laissé de message. Maintenant, il était à pied d'œuvre. A un détail près. Il devait localiser son objectif.

Un certain Orlando Costerias. De son état, contremaître d'une coopérative sucrière de la région.

Prêt à débiter la fable de l'erreur de numéro à son correspondant, Bolan entendit une sonnerie dans le combiné. Quatre fois, puis un déclic :

— *No soy por el momento aquí, pero si…*

Messagerie. Logique, à cette heure. Bolan raccrocha aussitôt, l'œil rivé sur l'écran du computeur, où une petite pastille rouge clignotante venait d'apparaître. Acquisition de la ligne par le satellite. Elle resterait désormais à la mémoire, tant qu'il ne la désactiverait pas, et si une communication s'établissait entre elle et un autre correspondant… Il pourrait tout entendre, grâce à une oreillette connectée au Smart. Mais à cette heure…

Près de lui, la jeune femme insista, hésitante :

— Tu peux m'expliquer ?

Un peu plus tôt, elle l'avait vu enfiler sa sinistre combinaison de combat, et s'équiper de son arsenal. Depuis, le ton de la jeune femme avait changé. Cette fois, l'Exécuteur était pour elle une réalité tangible. On n'était plus dans la légende, on pénétrait dans un autre univers, celui de la violence et de la mort. Bien que détective et de toute évidence courageuse, Eva Carrillo devait quand même stresser quelque peu. Evidemment, Bolan ne pouvait pas tout lui dire, concernant le programme *Heaven Eye*, tenu qu'il était par le secret défense, que son « contrat » tacite avec le numéro Un du *Justice Department* l'obligeait à respecter. Un programme qu'il avait déjà eu l'occasion d'utiliser, lors d'un précédent blitz en France, dans la région niçoise. Lapidaire, il résuma :

— Vue aérienne en direct de la zone où nous nous trouvons.

Petit silence surpris.

— Tu veux dire… une sorte de G.P.S. ?

— C'est un peu ça.

Sauf qu'il ne s'agissait pas d'images de synthèse. Cliquant sur un symbole de la boîte de dialogue de l'écran, Bolan fit se figer l'image, affichant une échelle au 10 000e. Il renseigna.

— Le petit paquet de points lumineux situé sur la gauche de l'écran figure les rares lumières de Guáimaro, et cette tache rouge apparue quand j'ai entendu le répondeur du téléphone désigne précisément le point de repérage du portable en question.

— C'est dingue !

Eva Carrillo n'en revenait pas. La prouesse était de taille pour le profane, pourtant sur le terrain, cela restait sommaire. Aucune localisation précise. Bolan cliqua sur un autre symbole de la boîte de dialogue, faisant cette fois apparaître le tracé lumineux d'une carte géographique. Une carte translucide, où se dessinaient les reliefs, les routes, les voies secondaires, et où s'inscrivaient des noms en surbrillance. Une carte marquée 10 000e elle aussi, et qui, superposée à l'image satellite, affichait à présent une véritable radiographie du secteur concerné, avec, en lieu et place, les noms des localités.

Y compris celle de Guáimaro.

Sortant de son sac à dos un cordon relié à un boîtier gros comme un paquet de cigarettes, le Guerrier le connecta à la fiche HDMI du computer.

— Balise, renseigna-t-il sobrement.

Relié à l'ordinateur, couplé au procédé Army-G.P.S. et connecté au Smart par wi-fi, le système permettait de signaliser tout déplacement en *live,* même à pied, et en surimpression sur l'écran feuille du mini Caméscope, grâce à une petite pastille verte, symbolisant sa future progression sur le terrain. Unique contrainte : le transport du computer sur soi. En l'occurrence, dans le sac à dos. Grâce aux modes I.L. du computer et du Smart, toute silhouette, mouvante ou non, était alors parfaitement visible, et quand le point vert de la balise ferait sa jonction avec le clignotant rouge, le Guerrier serait quasiment sur son objectif. Maison, appartement, voiture, etc.

Cliquant cette fois sur un symbole en forme de loupe, l'Exécuteur fit s'agrandir à l'écran, à la fois l'image de base, et les tracés géographiques rapportés dessus. Jusqu'à permettre enfin de distinguer les détails les plus importants, notamment constructions, véhicules en stationnement, et en mouvement. Une circulation quasi nulle à cette heure, surtout dans le secteur du clignotant rouge. Zone nettement à l'écart de la localité, où seules quelques silhouettes de bâtiments s'inscrivaient sur l'écran. Probablement ceux de la coopérative sucrière. D'après les documents pris au coffre de la Latina, Orlando Costerias y était domicilié. Un nom accolé à un pseudo. Très intéressant.

Seul ? Marié ? Des enfants ? La grande inconnue.

De plus en plus bluffée, Eva Carrillo se pencha sur le computeur, et, pointant son index sur le clignotant rouge, elle s'enquit, pleine de doute :

— *¿Está allí ?*

Comme Bolan tardait à répondre, elle insista une nouvelle fois en pointant toujours son doigt sur la tache rouge :

— Ça, ça veut dire que le mec, c'est là qu'il est en ce moment ? .

Moue dubitative de l'Exécuteur, qui rectifia :

— Ça veut dire que *son téléphone* est là.

En effet, le nommé Costerias pouvait aussi bien être ailleurs, et avoir oublié, ou laissé son portable. Dans ce cas pour Bolan, plongeon dans l'inconnu. Très mauvais, compte tenu de la situation. Mais il fallait y aller.

Gardant le computer sur ses genoux et conservant un œil dessus, il remit le contact, sortit la voiture du couvert des arbres, ne conservant que les lanternes allumées. Puis, retrouvant la route, il roula un moment, jusqu'à ce que les deux pastilles lumineuses se soient suffisamment rapprochées. Stoppant alors la voiture à couvert, il coupa le contact, éteignit les lanternes, quitta le véhicule, et, s'adressant à la jeune femme, il recommanda :

— Tu ne bouges pas, tu ne fais rien. Je tâcherai de t'appeler en fin d'opération.

Malheureusement, la détective ne possédait qu'un portable tribande classique.

— Si tu n'as pas d'appel et si je ne suis pas revenu dans une heure, ajouta Bolan, tu essayes de me joindre sur mon combiné, et, en cas d'échec, tu prends le volant, et tu vas directement à Camagüey, chez la mère de Gloria Colón. Si tu n'as toujours pas signe de vie demain soir, on ne se connaît plus. Tu files à La Havane, et tu prends le premier vol pour le Mexique. O.K. ?

Hésitation de la jeune femme, puis :

— O.K.

Rabattant le couvercle du computer, Bolan bloqua la sécurité spéciale empêchant sa déconnexion, vérifia que tout fonctionnait parfaitement. Sur l'écran du Smart et grâce au système wi-fi, deux images se superposaient à présent. La « vraie », en vue directe sur le décor, et, en surimpression atténuée, la restitution satellitaire avec ses deux points lumineux. Vert et rouge. Sa propre position, et celle du portable du nommé Costerias. Pour le moment, les deux pastilles de couleur étaient encore loin l'une de l'autre, mais ça ne durerait pas. Par acquit de conscience, il s'équipa de l'oreillette reliée au Smart, et il allait replacer l'appareil dans son sac à dos, quand son œil droit se figea sur l'écran du Smart. Ressentant sans doute son changement d'attitude, Eva Carrillo s'inquiéta :

— *¿Qué pasa ?*

— *Nada*, la rassura le Guerrier.

Ce n'était presque rien. Rien qu'un deuxième petit point rouge sur l'écran feuille du Smart.

Mario Ortega sentait ses jambes lui entrer dans le tronc. L'impression de n'avoir fait que rouler depuis sa naissance. Enfin, il était arrivé ! Quasiment mort, mais à pied d'œuvre. Un moment plus tôt, alors qu'il planquait la décapotable à l'abri d'un bosquet voisin, son satellitaire s'était manifesté. Surprise, Jaime et son boss venaient aux nouvelles.

Déjà !

Agacé, Ortega avait néanmoins dit où il était, et ajouté :

— Ce sera fait dans trente minutes.

Peut-être même avant ça. Il n'avait pas l'intention de traîner dans le secteur. La Havane lui manquait déjà.

Il n'aimait que la ville. Ses trafics, ses combines, et ses *jiniteras*.

Maintenant et d'où il était, même en pleine nuit, il y

voyait suffisamment pour distinguer la forme des bâtiments qui se trouvaient à moins de cent mètres, au bout du chemin, avec le portail à deux vantaux, appuyé contre la ruine de l'ancien hangar. Exactement la description faite au téléphone par Jaime. Selon ce dernier, pas de chien, pas de gardien. Rien que le contremaître de la coopérative. Et Mario Ortega savait où Costerias logeait, avec sa gonzesse, quand elle était là. Pas toujours. Une *prieta*, d'après Jaime. Une basanée. A cet instant, il se demanda s'il n'allait pas essayer de se la faire après avoir buté son mec… et avant de la tuer à son tour, bien sûr ! Jamais de témoin. A voir.

Tout en longeant la haie à pas feutrés, Mario Ortega avait extrait le Stechkin de sa ceinture, et fait monter une cartouche dans la chambre. En quelques enjambées silencieuses, il fut au portail d'entrée de la coopérative. Se tassant dans l'ombre épaisse du hangar à demi effondré, il prêta l'oreille, attentif au moindre son environnant. Rien. Mais à l'instant où il allait quitter l'abri, il y eut comme un léger frémissement de l'air dans son dos.

D'instinct, et dans un mouvement fulgurant de rotation du tronc, l'ex-boxeur pivota sur lui-même, fouettant l'espace de son coude droit. Juste à temps. Il y eut un choc violent, il perçut un bruit sourd, suivi d'un souffle bref. Comme un grognement étouffé. Et, le temps d'un éclair, avant même de se demander ce qui lui arrivait, il ressentit l'ivresse de la victoire.

Comme avant, quand il était champion.

CHAPITRE XX

Un coup fulgurant, un impact d'une force terrible, qui avait secoué tout le corps de l'Exécuteur. Sans le mouvement d'esquive qui l'avait fait glisser de côté à l'ultime seconde, il aurait encaissé le coup de coude en pleine tête. Par bonheur, ses réflexes aiguisés par toutes ses années de combat avaient détourné la trajectoire du coude vers son épaule. Sous la puissance du choc, il avait failli lâcher le poignard de commando qu'il avait au poing. Le type était très costaud et il savait boxer.

Un pro. Vicieux, rapide, dangereux.

Pivotant sur lui-même, le Guerrier envoya son bras libre en avant, juste à temps pour détourner la seconde attaque. Un direct du gauche, qui fusa vers lui à la vitesse de l'éclair, tandis que, lancé à pleine puissance, l'autre poing de l'adversaire arrivait vers sa tempe. Un poing armé d'un pistolet. Le premier direct glissa contre son oreille droite, arrachant le Smart de sa tête, l'envoyant valdinguer quelque part dans l'ombre. Déséquilibré, le costaud bascula en avant, mais son poing armé avait atteint son but ou presque. Touché à la joue, le Guerrier marqua le coup, fit un pas latéral, reprit son équilibre, pivota sur un pied, et, tandis que le type revenait à la charge, il envoya son pied droit en *mawahi géri*. Un coup en fléau latéral, qui atteignit l'adversaire exactement où il l'avait souhaité, en pleine tempe.

Sous l'impact, la tête du costaud bascula de côté. Sa puissante carcasse suivit, mais, alors que Bolan le croyait sonné, le type fit un pas en arrière, s'ébroua, feinta et revint à l'attaque. Décidément, c'était un dur à cuire. Déjà un mouvement pivotant de l'arme fit pointer le canon droit devant. Vers le front du Guerrier.

Dès lors, tout se précipita. Contrairement à ce qu'aurait sans doute fait le commun des mortels, l'Exécuteur ne chercha pas à se dérober. D'un bond en avant, il plongea vers le sol, puis, effectuant une parfaite chute avant d'aïkido, toute sa masse se projeta vers les jambes de son adversaire. Une attaque et un choc, auxquels ce dernier ne s'attendait pas. Au-dessus de lui, Bolan sentit le corps du type basculer en avant, perçut un juron, envoya son poing armé du poignard vers le haut. Il y eut un nouveau choc dans son bras. Plus mou. Puis un poids énorme. Et un râle bref, suivi d'une espèce de gargouillis écœurant. Durant une seconde, l'Exécuteur craignit d'entendre le coup de feu qui lui était destiné, mais ce fut dans le silence que le type acheva de s'écrouler. Plongeant sur lui, Bolan l'immobilisa, fit sauter le pistolet de son poing crispé, et, lui enfonçant la pointe du poignard dans le cou, il gronda :

— *¿Dónde es Costerias ?*

Le blessé semblait en avoir pris un sérieux coup. Sans doute dans l'abdomen, mais dans cette obscurité… Le Guerrier insista :

— *¿Dónde es Costerias ? ¿En qué parte de los edificios ?*

D'abord, il crut que le costaud n'avait pas tout saisi, puis l'autre finit par geindre :

— Dans sa chambre ! Au-dessus des bureaux !
Un temps, un râle, puis :
— Tu es qui, toi ?
— Personne, éluda l'Exécuteur.
Puis, d'un geste sec, il trancha le cou du costaud.

Orlando Costerias avait trop bu. Beaucoup de rhum, et pas du meilleur. Quand cette petite salope d'Augusta venait se faire sauter, il buvait beaucoup, et fumait beaucoup d'herbe. Pour oublier qu'Augusta venait pour du fric. Beaucoup de *dineros*. Plus exactement, des dollars. Dans la région, il devait être le seul à pouvoir en trouver autant, expédiés directement de Miami par ses employeurs, et par une filière très sophistiquée. Résultat, il devait aussi être le seul à avoir pu s'offrir une *vraie* bagnole. Un 4x4 Suzuki Samurai presque neuf, acheté à un fonctionnaire tchèque venu en stage à La Havane. Un vrai luxe, par ici. Comme le fait de pouvoir, à son âge, se payer une *jinitera* aussi jeune. Tout juste quatorze ans !

Augusta était un petit bijou de fraîcheur et de beauté, fille aînée d'une famille de huit gosses. Des coupeurs de cannes du patelin voisin. Avec tous ces dollars qu'il lui donnait, elle lui faisait, et elle lui laissait faire tout ce qu'il voulait. Y compris quelques petites tortures en passant. Il adorait ça. Même que, souvent, elle buvait plus que de raison. Sans doute pour oublier qu'il était vieux, et moche, et trop vicieux. Lui, il aurait préféré qu'elle ne boive pas, qu'elle ne fume pas… et parfois qu'elle ne sniffe pas sa poudre à lui, si chèrement acquise. Mais c'était la rançon. Autrefois, il avait eu beaucoup de filles. Il était jeune, et la vie dangereuse qu'il menait excitait les gonzesses. Mais les temps avaient changé, il avait mal vieilli, et, ici, personne ne connaissait son passé excitant. Alors, il supportait tout. Pour qu'Augusta revienne, et qu'elle lui pompe encore ses dollars.

Mais, ce soir, ils avaient tant bu, tant tiré sur le joint et tant sniffé de cette coke locale merdique, qu'il en avait mal partout. Surtout au crâne. Mauvais mélange. Quant à Augusta, répandue au milieu du lit et vautrée sur les dollars qu'elle avait si rudement gagnés, elle ronflait comme un sonneur. Bouche béante, cuisses ouvertes et son joli cul à l'air. Assommée pour le compte. Lui, il n'arrivait pas à dormir. Comme une inquiétude. De temps à autre, il fermait les yeux, décidait de ne plus les rouvrir. En vain.

Et avec cette chaleur !

Décidément trop énervé, Orlando Costerias chercha la bouteille de rhum à tâtons.

— *¡ Mierda !*

Vide. Il devait descendre dans la cuisine. Titubant sur ses jambes molles et des lucioles plein les rétines, il s'arracha du lit, et rouvrit enfin les yeux. D'abord, il ne comprit pas ce que signifiait cette ombre dressée devant lui, puis son cerveau embrumé réalisa : une silhouette !

Puis un choc sous l'oreille. Sec. Et le noir complet.

Orlando Costerias flottait. Décidément, il avait trop bu et trop…

Il ouvrit les yeux, battit des paupières, essaya de bouger, fut surpris par ce qu'il voyait. Ou plutôt, ce qu'il devinait dans la pénombre. Ses bras et ses mains étaient engagées, coincées entre… entre deux choses cylindriques. Des rouleaux de…

Un pressoir !

La vieille presse à canne à sucre, qui voisinait dans le

garage, à côté de sa Suzuki Samu... Soudain paniqué, il cria :

— *¡ Eh ! Qué...*

Il n'acheva pas. Une haute silhouette venait d'entrer dans son champ de vision. Athlétique, habillée de sombre, avec des objets vaguement luisants, comme accrochés à ses fringues, et un drôle d'appareil fixé devant son front, qui distillait une étrange lueur verdâtre.

La silhouette !

Celle qu'il n'avait eu que le temps d'entrevoir dans sa chambre.

— Salut, Orly. Je vois que tu es réveillé.

Une voix grave et glacée s'exprimant en français ! Et puis ce nom ! Orly ! Orlando Costerias se dit qu'il dormait. Qu'il cauchemardait. Il allait se réveiller, et tout allait rentrer dans l'ord...

— Un drôle de nom, Orly. Pas vrai ?

Le cauchemar continuait. Le français du type était fortement teinté d'accent yankee. Un Américain. Un *yuma*. Un Amerloque, qui, avec ce nom d'Orly, lui parlait d'un temps qu'il croyait enfoui au plus profond des oublis de l'Histoire. Il fallait réagir. Vite.

— Hé ! Qu'est-ce que tu fous, là ?

Il ne voulait pas parler français. Il ne fallait pas.

— Mon nom est Mack Bolan, répondit le grand type en noir.

Mack Bolan. Costerias avait l'impression d'avoir déjà entendu ce nom-là, mais il ne savait plus vraiment...

— Et toi, ton pseudo de pourri, c'est Orly. Du moins, c'est celui que tu avais fait circuler dans la presse, au temps de tes exploits en France. Quand toi et tes copains braqueurs, vous pilliez les banques, en faisant croire que vous apparteniez au groupe terroriste Action Directe.

— *Qué…*

— Orly, parce qu'avec ce pseudo, tu faisais référence à l'attentat à la bombe commis en juin 1980 par cette bande de déjantés, à la consigne de l'aéroport d'Orly, qui a fait huit blessés. Seulement, toi et tes pourris de potes, vous braquiez pour du cash. Du liquide destiné aux achats de dope dans le contexte de la fameuse *French Connection.*

— *¡Mierda !* cracha Costerias en se contorsionnant. Qu'est-ce que tu veux, bordel !

Toujours en espagnol. Il était nu, à genoux sur le ciment du garage, les mains presque écrasées par les rouleaux de la presse.

— Et puis un jour, vers la fin des années 80, reprit le type à la voix sinistre, ça a commencé à sentir le roussi pour toi en France. Non seulement du côté de la police, mais aussi à cause de tes potes. Ceux que tu avais doublés. Alors, tu as quitté ta défroque de réfugié politique, et tu t'es précipité dans le giron de ta mère patrie. La Cuba de Castro. Une île désormais fermée, où un type se réclamant de la révolution armée du genre Action Directe ne risquait plus rien. Mieux, qui était même bien considéré. Jusqu'à ce que des amis de tes ex-amis de la *French Connection* basés à Miami retrouvent ta trace, et qu'ils te fassent chanter, contre petits services. D'abord de petits trafics avec les touristes, puis un jour, en 2003[7], ils t'ont demandé de t'arranger pour faire punir certaines personnes. Des Cubains qui refusaient de marcher dans leurs combines. Un truc simple. Ayant quelques relations dans le Parti, il te suffisait de dénoncer les gars en question, comme étant

7. Accusation de conspiration, qui fit effectivement condamner 75 militants, dont certains jusqu'à 28 ans de prison.

des dissidents, conspirant contre le système cubain, au bénéfice des Etats-Unis.

Un silence, puis :

— Tu vois, je te connais bien, Orly. Il faut dire que ton dossier Interpol est plutôt précis. Et facile d'accès, pour qui connaît la procédure. Un bon computer, une série de codes, et le tour est joué. Ce qui est bizarre, c'est que j'ai trouvé à peu près le même dossier sur toi, dans un certain coffre-fort, à Miami. Chez certains de tes copains… ou plutôt, de tes employeurs. Des employeurs qui, du reste, viennent de lancer un contrat contre toi.

— Qu'est-ce que…

— T'inquiète. Il est mort… le contrat. Egorgé. Par moi.

Les pensées s'entrechoquaient sous le crâne douloureux d'Orlando Costerias. Qui était ce type ? Que voulait-il ? Il n'y comprenait rien. Dans la pénombre, le Cubain vit le grand type empoigner la manivelle de la presse à canne, et, aussitôt, la pression augmenta autour de ses doigts prisonniers.

— Hé ! cria-t-il. Arrête !

La pression n'augmenta pas, mais ne faiblit pas non plus. Maintenant, il avait vraiment mal. Les tempes en feu et le regard dilaté de trouille, il coassa :

— *¡ Puta de mierda !* Qu'est-ce… qu'est-ce que tu veux ?

— Je suis là pour te le dire, Orlando, renvoya la voix grave, en espagnol cette fois. Alors, ouvre grand tes oreilles.

Dès lors, Orlando Costerias écouta. Très attentivement. Et quand le grand type eut terminé, il se sentit presque soulagé. Ça n'était donc que ça ! Alors il dit au Yankee tout ce qu'il voulait savoir.

Après tout, il n'en avait rien à foutre, de ces cons de

Colombianos ! Si ça pouvait satisfaire cette espèce de détraqué, et lui sauver la vie…

Soudain, il y eut une espèce de « flop » près de son crâne, puis un choc terrible… Il avait eu tout faux.

CHAPITRE XXI

Eva Carrillo était perdue dans ses pensées. A des années lumière, et pourtant si près d'ici, exactement à Camagüey, Camagüey, son tourment secret. Un cauchemar qui durait depuis…

Soudain, une sonnerie vint perturber ses réflexions. Elle sursauta, hésita deux secondes, revint à la réalité.

Son portable.

Le tribande qu'elle avait emporté, et dont ce Mack Bolan avait prétendu qu'à Cuba… Pourtant, en début de soirée, isolée dans le local mis à sa disposition à la base de Guantanamo, elle avait bel et bien réussi à téléphoner. Et elle avait bel et bien parlé à son correspondant avec ce portable tribande. Galvanisée par une intense émotion, elle arracha l'appareil de sa poche de blouson.

— *¿ Diga ?*

En espagnol. Sans doute l'ambiance. Mais en guise de correspondant, elle n'obtint qu'une série de parasites, et une voix, très lointaine, complètement brouillée, impossible à identifier. Erreur ? Communication piratée ? Incrédule, elle raccrocha. Déçue. Peut-être qu'il s'agissait de…

Deux bips. Plus deux autres.

De nouveau le portable. Un message. Le cœur battant

plus qu'elle ne l'aurait souhaité, la jeune femme reprit l'appareil. Ecran allumé, effectivement un avis de message S.M.S. Texte en anglais.

« Impossible te joindre, te retrouverai Camagüey comme convenu. »

Bolan. Visiblement retardé, mais, au moins, il n'était pas mort. Heureusement. S'il se faisait tuer, ou emprisonner, ou même s'ils ne se retrouvaient pas, elle serait mal. Très mal. Car même avec ses faux papiers en règle, La Havane, l'aéroport, l'enregistrement, l'avion…

A moins de cinq mètres de l'Exécuteur, un type était assis sur la terrasse en contrebas d'une des masures pour la plupart à demi en ruines. Habillé de ce qui ressemblait à un ensemble en jean, armé d'un P.-M., adossé à une cheminée en partie écroulée, parfaitement visible sur l'écran feuille du Smart, malgré la nuit encore noire.

Une cible parfaite… mais pas seule.

Au moins deux autres flingueurs. L'un installé sur une autre terrasse, l'autre à l'affût dans l'ombre d'un porche situé à la sortie de l'unique ruelle du hameau. La cible la moins facile des trois, mais néanmoins jouable, à condition de contourner les ruines. Trois veilleurs en tout, le nombre indiqué par le fameux Orly. Mais rien n'indiquait qu'il ait dit vrai pour tout. Hélas, sous ces latitudes, la nuit tombait vite et le jour se levait de bonne heure. Dans trente minutes au plus, ce serait l'aurore, et tout deviendrait plus difficile.

Mais jusque-là, l'Exécuteur avait eu de la chance.

Après une vingtaine de kilomètres de chaussées sinueuses et défoncées, il avait traversé la petite agglomération d'Anoncillo, était bientôt tombé sur une minuscule route encore plus dévastée, se terminant par un chemin caillouteux à flanc de colline. Tout était parfaitement conforme aux aveux de feu Costerias, où même la 2 Chevaux aurait peut-être eu des difficultés. Pas le Samurai. Modestement performant sur l'asphalte, le petit 4x4 d'Orly se défendait en revanche très bien sur ce type de terrain. Se félicitant d'avoir pris la bonne décision, certain qu'Eva Carrillo avait reçu son S.M.S. après son coup de fil impossible, et qu'elle se débrouillerait très bien sans lui, il avait encore roulé un quart d'heure, tous feux éteints, grâce au Smart retrouvé intact après la bagarre. Jusqu'à ce qu'il n'y ait plus de chemin et qu'il se retrouve au fond d'une ravine, au bord d'un mince cours d'eau cascadant. D'après la carte trouvée dans la boîte à gants du Suzuki, un bras du rio Jobabo. Terminus motorisé. Par ici, la végétation ressemblait à une jungle, et aucune lumière ne brillait alentour. Le véhicule enfoncé sous un épais rideau végétal, Bolan avait ressorti le computer du sac à dos, avait réactivé son satellitaire, et composé le numéro d'un autre satellitaire, également indiqué par feu Costerias, et confirmé par la mémoire de son propre appareil.

Après trois sonneries, on avait décroché, et une voix ensommeillée avait grommelé :

— *¿ Diga ?*

Une voix qui, faute de réponse, avait cette fois interrogé d'un ton impatient :

— J'écoute ! Qui appelle ?

Une voix enregistrée une fois pour toutes dans la mémoire de l'Exécuteur, et qu'il avait parfaitement reconnue. Au même instant, une nouvelle pastille rouge clignotante était apparue sur l'écran du computer. Selon l'échelle de la cartographie satellitaire, l'appareil qu'il venait d'appeler se situait à moins d'un mile. Une lueur glacée dans le regard, le Guerrier avait alors coupé son téléphone, remisé l'ordinateur toujours activé dans le sac à dos, endossé ce dernier, vérifié son armement, et s'était enfoncé dans la végétation.

Maintenant, il était à pied d'œuvre.

Le *pueblo* était exactement comme l'avait décrit l'ex-casseur de la *French Connection*. Un minuscule hameau, en grande partie en ruines et portant des stigmates d'incendies, y compris les restes d'une chapelle. Basse, mal fichue et ornée d'un clocheton sans cloche. Parmi cet ensemble désolé, une exception. Une construction à l'écart, partiellement épargnée. Trois ailes de bâtiments en forme de U et couverts de tuiles canal, entourant ce qui avait dû être un agréable patio. Deux piliers en pierre en marquaient l'entrée, dont l'ancien portail avait disparu. En revanche, détails insolites et parfaitement visibles grâce au Smart, des chapelets de trous creusaient la plupart des murs alentour restés debout. Orifices caractéristiques. Traces de balles. Et, à en juger par le nombre, une sacrée bagarre avait eu lieu ici. Là encore, feu Costerias n'avait pas menti.

Selon la légende, l'endroit était maudit. Traqué par les troupes de Batista au déclenchement de la révolution, un groupe de combattants appelés *cienfuegueros* en référence aux habitants de Cienfuegos, qui furent les premiers à soutenir les *barbudos* de Castro, plantèrent ici un drapeau de leur ville, avant d'y être massacrés jusqu'au dernier en compagnie des villageois. Depuis, les rares initiés encore en vie continuaient d'appeler ce sinistre symbole de la résistance, *Pequeña* Cienfuegos. La petite Cienfuegos. Lieu martyr que personne n'avait plus jamais habité.

Sauf, les trois derniers objectifs de l'Exécuteur.

Précisément là. A l'intérieur du bâtiment au patio couvert de tuiles canal. Exactement où la petite pastille rouge continuait de clignoter sur l'image satellitaire du computeur. Seulement du computeur. Car, dès son arrivée dans le secteur, le Guerrier avait supprimé l'imagerie de l'écran feuille du Smart. Trop visible, et gênante pour le déroulement de son blitz.

Surtout maintenant. Ici, sur cette terrasse, à moins de trois mètres de sa première cible. Une terrasse où, grâce au Smart, il avait réussi à grimper sans éveiller l'attention. Après avoir judicieusement disposé quelques biscuits explosifs et leurs détonateurs à micro-ondes sur le théâtre d'opérations, il s'était débarrassé du sac à dos laissé à l'abri, et son mini arsenal prêt à l'usage sur lui, il avait sorti le poignard de commando de sa gaine. Puis, silencieusement, il était venu se pencher au parapet de ce reste de terrasse. Exactement au-dessus de celle où le flingueur tenait sa faction. D'un dernier coup d'œil circulaire, il vérifia être hors du champ de vision des deux autres guetteurs, et, assurant le manche du poignard dans son poing, il bondit par-dessus le parapet, se reçut deux mètres plus bas sur la pointe de ses Nike, rebondit en avant, à l'instant précis où l'autre sursautait à son approche. D'un élan, et tandis que le flingueur amorçait le mouvement de se retourner, l'Exécuteur arriva sur lui comme la foudre, lame en avant. Il vit la tête du type pivoter d'un quart de tour, juste avant que l'acier ne fouette l'air tiède. Un reflet diaphane, un son étrange et sinistre, suivi d'un bref gargouillis peu ragoûtant. Tranchante comme celle d'un rasoir, la lame avait d'un seul coup sectionné carotide et trachée du flingueur. Tétanisé, celui-ci demeura une seconde figé, ne comprenant pas ce qui venait d'arriver. Un jet de sang fila de sa gorge à l'horizontale, tandis que le Guerrier doublait son attaque. En plein cœur. Foudroyé en cours d'agonie, le pourri marqua un dernier sursaut, s'amollit enfin. Laissant le poignard planté dans le corps, l'Exécuteur retint ce dernier pour amortir sa chute. Dans le mouvement, il avait empoigné le P.-M. du tueur, l'arrachant de son poing crispé.

MAC 10.

Dommage. Le chargeur était incompatible avec ses micro-Uzi, mais les cartouches feraient l'affaire. Plus celles du chargeur supplémentaire dans la ceinture du type. Récupérant le poignard et abandonnant le cadavre, Bolan se glissa jusqu'au parapet inférieur, tendit l'oreille en fouillant la nuit du regard.

Pas un bruit, pas un mouvement chez les deux autres veilleurs. Sur l'écran du Smart, leurs silhouettes se découpaient parfaitement. Deux costauds, mal fringués, armés de P.-M. Le temps devait leur sembler long, car, là-bas, celui en faction sous le porche bâillait comme un malade. Vraiment sommeil. Patience, le repos viendrait. Mais pas tout de suite. D'abord, son collègue, sur l'autre terrasse.

De terrasse en terrasse, l'Exécuteur se retrouva bientôt à l'opposé de celle qu'il venait de quitter. Souple comme un chat, veillant à maintenir son artillerie en place pour éviter le bruit, il s'arrêta enfin, et, à trois mètres à peine de la silhouette du deuxième veilleur, il se tapit dans l'ombre et écouta.

Rien.

Seulement la rumeur lointaine de la nature environnante. La nature s'éveillait. A l'est, la nuit commençait à être moins sombre, l'aube irisait le ciel derrière les collines. Le temps pressait, et malgré les soins et les calmants, sa blessure au dos recommençait à tarauder le Guerrier. Quand il bondit, il lui sembla que sa chair se déchirait. En arrivant sur le type, une douleur violente lui cisailla les côtes, quand il abattit son bras armé. Ralenti par la brûlure, son mouvement fut moins fulgurant que la fois précédente, et, alerté au dernier instant, le flingueur eut le temps de se redresser à demi. Gêné par sa réaction, le Guerrier n'eut que le temps de corriger la trajectoire de sa lame. L'acier luisit dans la nuit, glissa sur le col du rafaleur, entailla l'oreille au passage, avant de revenir vers le bas pour trancher enfin le cou, du maxillaire au-dessous du menton. Une plaie large et profonde, d'où jaillit un liquide chaud, accompagné d'une amorce de râle stupéfait. D'un geste réflexe, le Guerrier avait déjà envoyé son autre main, la plaquant sur la bouche du type, tandis que sa lame revenait en arrière pour achever l'égorgement. Au même instant, un son lourd et cascadant creva le silence revenu.

Le P.-M. ! Le pourri en mourant avait lâché son arme. Après avoir heurté la terrasse, celle-ci ricocha sur le pied de Bolan, avant de glisser plus loin.

Un boucan d'enfer !

Manuel Arana n'arrêtait pas de bâiller. Surtout quand il pensait aux autres, là-bas, bien à l'abri à l'intérieur de la seule baraque encore à peu près debout dans ce bled merdique. Des heures que lui et ses deux acolytes montaient la garde, et ils ignoraient même qui ils protégeaient… ou surveillaient ainsi depuis si longtemps. Ils n'avaient jamais vraiment bien su. Une certitude : des étrangers. A cause de leur accent. Pas cubain. Surtout pour la…

Soudain, un bruit lourd et cascadant venant d'une des terrasses se répercuta longuement dans la nuit et stoppa net les pensées du porte-flingue. Sûrement un des deux autres, qui s'était laissé aller. Coup de pompe, chute de flingue. Car ce bruit, c'était bien celui d'un P.-M. qui tombe. Très caractéristique. Un ricanement coincé dans la poitrine, le flingueur passa la tête hors de l'abri du porche, envoya à la cantonade, mais à voix contenue :

— Hé ! Ça ronfle, là-haut ?

Pas de réponse.

— Hé !

— Chuut !

Ça venait de la terrasse la plus proche. Celle d'Oviedo. Chut ! Toujours à jouer son petit *jefe*, celui-là ! Un truc qui énervait Manuel au plus haut point. Vexé, il laissa passer un moment, avant de lancer de nouveau, juste pour emmerder ce con d'Oviedo :

— Hé, Ovi ! Arrête de ronf…

— Chuut !

Là. Derrière… Surpris, Manuel Arana voulut se retourner, n'en eut pas le temps. Vrillant brusquement sa nuque, un objet dur et froid.

— *¡ No moverse !*

Une voix. Glacée, sinistre, à l'accent yankee. Et une poigne, qui lui arrachait le P.-M.

— Vous êtes combien, dehors ?

Complètement dépassé, Manuel Arana n'avait même pas peur. Il n'y comprenait simplement rien. Sans réaliser, il s'entendit répondre :

— Euh…*Tres.*

Dans son dos, la même voix questionna encore :

— Combien de gardes, à l'intérieur ?

Manuel Arana se dit qu'il devait faire quelque chose. Crier. Tenter de…

— *¡ Cuánto !*

Dans sa nuque, le contact s'était encore durci, et un petit clic métallique résonna, lugubre. Le porte-flingue connaissait bien ce bruit. Celui qui précède la mort.

— *Cuatro*, maugréa-t-il.

— *¿Sus nombres ?* Leurs noms ?

Frémissement du contact froid dans sa nuque. Furieux contre lui-même, Arana grogna :

— *Rico ! Rico y...*

Mais la rage du porte-flingue l'arrêta enfin. Il était un macho. Un dur. Mais à peine eut-il amorcé son mouvement, qu'un « flop » étrange résonna dans sa nuque. Mortel.

L'Exécuteur n'était déjà plus là.

En quelques bonds, il avait franchi la distance séparant le porche de la grande maison en U. 92-F au poing, il traversa le patio, contourna une fontaine pleine de plantes parasites, et longeant un des murs criblés de balles, il se retrouva au pied d'un petit perron aux marches moussues et de guingois. Une seconde, il hésita sur la méthode. La plus directe, la moins risquée. Alors, escaladant le perron en silence, il saisit la poignée de la porte d'entrée.

Fermée.

Assurant cette fois la crosse d'un des deux Micro-Uzi dans son autre poing, il toqua au panneau de bois vermoulu en appelant à voix haute :

— Hé ! Rico !

Bluff grossier, mais ça marchait parfois.

D'abord, il crut que rien ne se passerait, et il ouvrait de nouveau la bouche, quand des pas feutrés retentirent derrière le battant. Puis une voix grasse, vulgaire demanda :

— *¡ Qué !*

— C'est Ovi ! Un problème !

L'Exécuteur avait entendu sa dernière victime appeler son collègue par ce nom. Sans doute un diminutif.

Des bruits de clés, un grincement de serrure, la porte qui s'entrebâille, une silhouette épaisse qui se profile dans l'ouverture.

— *¡ Qué, Ov... !*

La suite fut stoppée par le très léger bruit du silencieux du 92-F.

Le pourri sursauta, recula, battit des bras, achevant d'ouvrir la porte dans la foulée. Alors, le Guerrier fonça. Un nouveau « flop », la silhouette finit de s'écrouler en arrière, lâchant l'automatique. Pendant que l'arme valdinguait sur le carrelage inégal, Bolan avait déjà traversé la pièce. Un hall désert, avec un escalier central en pierre. Au même instant, une cavalcade résonna, et un grand type maigre surgi de l'étage apparut soudain, une lampe torche en main, dévalant les marches, un P.-M. au poing. Le temps d'un battement de paupières, le regard de Bolan croisa celui de l'arrivant à travers l'écran feuille du Smart. Le rayon de la lampe descendit vers lui, et il allait le prendre dans son faisceau, quand le Beretta éternua dans la paume de l'Exécuteur. Une seule fois. Au milieu de l'escalier, l'escogriffe tournoya sur lui-même, mais, alors qu'il basculait sur le côté, son P.-M. cracha des éclairs blêmes, et un fracas d'enfer déchira l'atmosphère.

Une longue rafale assourdissante. Des éclats divers giclèrent tous azimuts, et, tandis que le corps du type rebondissait de marche en marche, des cris s'élevèrent, provenant de l'étage.

Adieu l'effet de surprise !

Sans attendre, le Guerrier bondit dans l'escalier, le grimpa quatre à quatre, déboucha sur un large palier central au carrelage défoncé. Grâce à la vision I.L., il vit un couloir, deux portes, dont une ouverte, une silhouette plantée dans le cadre, en caleçon et chemisette ouverte sur un poitrail velu. Un grand costaud, échevelé, hagard, brandissant lui aussi une lampe, et un gros automatique pointé sur Bolan.

Un visage vaguement familier.

Dans le poing du Guerrier, le Beretta toussa une seule fois. A quatre mètres de lui, le front de l'échevelé partit en arrière, vomissant un jet sombre, tandis que des éclats et des choses visqueuses éclaboussaient une partie du mur. Au même instant, une porte située tout au fond du couloir s'ouvrit à la volée, livrant passage à une autre silhouette. Même gabarit, lampe et automatique au poing également, même tête échevelée, et visage... parfaitement connu.

Le Guerrier lança :

— *¡ Hola, Rodrigo !*

Une face ébahie, un regard dilaté par l'affolement, une bouche qui s'ouvrait :

— *¡ Que... !*

Au même instant, trois événements se produisirent simultanément. Le rayon de la lampe torche éclaira le corps écroulé sur le palier ; dehors, des grondements rageurs s'élevèrent brusquement, et, sur le palier, le 92-F de l'Exécuteur et l'automatique du nommé Rodrigo crachèrent en même temps.

CHAPITRE XXII

— *Problema.*

A l'arrière de l'habitacle du 4x4 Toyota, la voix d'Eddie « Cristo » Sastroso avait à peine couvert le grondement du moteur et les crachotements du talkie-walkie. Un ton calme, habituel. Pourtant, la tension monta instantanément chez les trois autres occupants du véhicule. Surtout chez son voisin de banquette. Jaime « Toro » Toja connaissait bien son jeune boss. Il connaissait également cette étrange faculté qu'il avait de « sentir » les choses avant tout le monde. Alors, dans sa bouche, le mot signifiait un vrai problème. Pourtant, rien à l'approche de ce *pueblo* en ruines ne laissait supposer quoi que ce soit de fâcheux. Toro connaissait les lieux pour y être déjà venu deux fois depuis l'installation de leurs trois locataires. Dont une fois avec Cristo. Toujours de la même manière. En touriste, comme ce soir, avec un vol mexicain et un passeport mexicain. Dans cette affaire à laquelle il ne comprenait d'ailleurs pas tout, le colosse constituait le relais entre les Sastroso et le réseau colombien avec lequel ils traitaient.

— Ralentis.

Le jeune *jefe* s'était adressé au chauffeur. Un costaud,

crâne rasé, des épaules de débardeur sous un blouson rayé bleu. Un peu voyant, mais on était à Cuba. L'intéressé obéit, et le 4x4 cahota lentement sur le chemin défoncé, moteur à bas régime. A deux cents mètres, pris dans le faisceau des phares, le hameau semblait endormi. Eddie s'était penché par-dessus le dossier du siège avant, regard fixé droit devant à travers le pare-brise. Il était certain que quelque chose clochait. En début de soirée, il avait téléphoné de l'aéroport de Monterrey, pour prévenir de leur arrivée cette nuit. Et, normalement, comme les fois précédentes, un des guetteurs aurait déjà dû se manifester. Signe qu'ils étaient attendus et que tout baignait.

Ça ne semblait pas être le cas.

L'instinct de Cristo ne l'avait quasiment jamais trompé. D'où ce mauvais pressentiment. Très mauvais, et pourtant irréaliste. Miami-Camagüey, via Monterrey au Mexique et La Havane, plus de 4 000 kilomètres, au lieu des 900, séparant idéalement Miami de Camagüey, via La Havane. Pas possible. Question de timing. Personne n'avait pu parcourir d'aussi grandes distances en moins de temps qu'eux, en partant de Floride.

Même pas *lui*. Absolument impossible.

Pourtant, le sentiment de malaise persistait. Alors, décidant de suivre son instinct, il ordonna :

— Stop.

Tandis que le 4x4 s'arrêtait, il lança à Toro :

— On descend.

Puis, s'adressant à l'homme en veste claire assis près du chauffeur, talkie-walkie au poing :

— Tu as tout le matos que je t'ai demandé ?

— *¡Si !* répondit l'homme. *Todo. Seguro ! Eso no fue fácil, patrón. Pero...*

— Dis à tes gars de tout sortir, coupa l'héritier des Sastroso.

Tandis que l'autre lançait ses ordres dans le talkie-walkie, Cristo désigna du pouce la Plymouth verte qui s'était arrêtée derrière eux, commanda à Jaime :

— Va chercher l'équipement.

Mettant pied à terre, il attendit que le colosse revienne, nanti de deux M.P 5K, équipés chacun de deux chargeurs assemblés tête-bêche à l'adhésif, et de deux étuis en toile apparemment verdâtre. S'emparant d'un des P.-M., il en vérifia les chargeurs, fit monter une cartouche dans la chambre, ôta calmement ses lunettes de soleil, leva les yeux vers les ruines fantomatiques du *pueblo*, tendit sa main libre vers un des étuis en toile que tenait Toro.

— Donne.

Le colosse ouvrit l'étui, en sortit un instrument bizarre qu'il remit à son boss. Une sorte de grosse jumelle noire, fixée à un épais serre-tête à ressort. Lunette passive à intensification de luminosité made in URSS. Matériel militaire, datant d'avant la perestroïka, offert autrefois par les Soviétiques aux troupes révolutionnaires du petit frère Castro.

Fixant la lunette sur sa tête, Cristo fit signe à Toro d'en faire autant, activa le système I.L., laissa son œil s'habituer, jeta un long regard vers le hameau désert. Se penchant enfin vers la glace baissée du passager à la veste claire, il déclara avec un calme affecté :

— Je crois qu'on a une visite indésirable. Emmène tes gars voir ça de près.

L'homme à la veste claire fronça les sourcils, lança dans le talkie-walkie :

— *¡ Vamos, voso... !*

La suite fut oblitérée par le bruit d'une rafale. Longue,

lointaine, mais explicite. L'instinct de Cristo ne l'avait pas trompé. Tapant sur le toit du 4x4, il lança d'un ton sec :

— *Go !*

Puis, Toro et lui se fondirent dans la nuit.

Tout allait très vite. Six cadavres. Trois dehors, deux en bas, et un répandu sur le seuil de la première porte. Plus un blessé grave que Bolan connaissait bien et qui achevait de s'écrouler contre le montant de l'autre porte ouverte sur le palier et qui gémissait. Il avait tout compris, lui aussi avait reconnu le Guerrier, et il cherchait son arme d'une main frémissante et poisseuse de sang, mais ne la trouvait pas. Trop loin, perdue dans le noir.

A cet instant des hurlements de moteurs rageurs s'étaient fait entendre. Coups de freins, dérapages de pneus sur la terre caillouteuse. Par les fenêtres sans carreaux, des lumières frisantes apparurent. Phares de voitures. Appels, cliquetis métalliques, cavalcades précipitées, claquements de semelles. On approchait. Quelques secondes plus tard, des pas dans le hall qui s'arrêtèrent d'un coup. Des lumières mouvantes. Torches électriques. Exclamations contenues, bruits de culasses, glissements feutrés. Puis une voix :

— *¡Eh ! ¡Arriba !* Eh ! Là-haut !

L'Exécuteur se remit en mouvement. Il ramassa les deux pistolets tombés, les coinça dans la ceinture de la combinaison de combat, fixa le 92-F dans son passant de maintien, empoigna un des deux Micro-Uzi, fouilla une de ses poches, en retira deux dollars explosifs, les tordit, les balança par-dessus la rambarde du palier et ferma les yeux.

Deux souffles aigus.

Deux éclairs simultanés aveuglants, même à travers les paupières. Et des cris de surprise. Exclamations désemparées suivies de rafales au hasard. En deux glissements sur ses Nike, l'Exécuteur fut contre la rambarde, les deux P.-M. aux poings. Leurs canons s'abaissèrent, et sur les détentes, ses index entamèrent leur pression, libérant les éclairs en furie des chapelets mortels. En bas, quatre flingueurs aveuglés encaissaient les essaims brûlants. Tandis qu'ils s'écroulaient en hurlant de douleur à l'entrée du hall, un type en veste claire et armé d'un P.-M. se cognait au cadre de la porte, essayant en vain de retrouver la sortie. Alors que l'Exécuteur allait l'ajuster pour le compte, un des rafaleurs baignant dans le sang et les débris s'était à demi redressé sur un coude. Le Guerrier vit son autre bras se détendre, et son poing libérer un objet sombre. Image verdâtre, légèrement scintillante, de forme ovoïde, sculptée d'aspérités angulaires.

Grenade défensive, dévastatrice. Boucherie absolue.

Le Guerrier vit la « poire » s'élever, décrire une courbe gracieuse, entamer sa chute enfin, en direction du palier. Vers lui. La mort assurée, laide comme la chair éclatée. Alors, il fit la seule chose en son pouvoir. Prenant appui sur la rambarde, il sauta par-dessus, s'élevant dans l'air empoisonné d'éclats. Ses pieds touchèrent le sol, en même temps que, dans ses poings, les Micro-Uzi crachaient de nouveau, abrégeant l'agonie des possibles survivants.

N'épargner personne.

Puis, du poing droit, il envoya cette fois une mini rafale. Précise, sélective. Au bas de l'escalier, toujours appuyé sur son coude, le lanceur de grenade essayait de rattraper le P.-M. qu'il avait perdu en encaissant la pluie d'ogives. Trop tard. La mini rafale du Guerrier ne lui laissa aucune chance. Crâne éclaté, il s'écroula sur le cadavre d'un de ses copains, secoué de convulsions post-mortem.

Mais, déjà, l'Exécuteur était à la poursuite du pourri à la veste claire. Ayant enfin réussi à s'échapper, le type avait traversé une partie du patio. Tapi derrière la fontaine envahie par les plantes, il semblait guetter la sortie de Bolan. Dans la nuit encore sombre, il aurait eu une chance... sans l'existence du Smart. Là, aussi visible qu'à la lumière d'un jour déclinant, il constituait la cible idéale. Mais alors que l'Exécuteur l'ajustait du canon du P.-M., une autre silhouette apparut soudain de derrière la fontaine, elle aussi armée d'un P.-M. Un costaud, aux épaules de catcheur sous un blouson rayé. Apercevant l'ombre de Bolan sur le perron, le type leva son arme. Trop tard. La rafale du Guerrier lui éclata littéralement le torse, saccageant du même coup le beau blouson rayé. Dans le même temps, la veste claire avait violemment sursauté. Sur l'écran feuille du Smart, l'Exécuteur vit nettement la tache au bas du veston. Touché lui aussi, son propriétaire avait roulé de côté, essayant de nouveau de s'enfuir, brandissant son P.-M. comme pour chercher une cible invisible. Bolan fut sur lui en trois bonds, le plaqua au sol, chassant du pied son arme qui se perdit dans l'ombre. Enfonçant le canon d'un Uzi dans le bas souillé de sa veste, il gronda :

— Combien, dehors ?

D'abord, il crut que le blessé ne comprenait pas. Il s'apprêtait à répéter sa question, quand le pourri coassa :

— *¡ Do... dos ! ¡ El boss, y... y Toro !*

Toro !

— Tu veux dire, Jaime « Toro » Toja ?

Bolan avait appris ce nom de la bouche d'Eva Carrillo.

— *¡ S... si !*

Toro, l'âme damnée d'Eddie Sastroso !

— Cristo est là lui aussi ?

Rictus de douleur du moribond.

— *¡ Hijo de... de puta !* Va te faire...

Le moribond n'acheva pas. Il souffrait trop. Mais, en langage de pourri, ça voulait dire oui. L'Exécuteur hocha la tête, souffla :

— *De acuerdo.*

Et, d'une seule balle, il abrégea les souffrances du blessé.

Il devait encore jouer les artificiers. Rien qu'avec une toute petite télécommande à ultrasons dissimulée dans un simple stylo... made in Herman « Gadgets » Schwarz.

Un dernier compte à régler. Dans le feu et le sang.

Eddie « Cristo » Sastroso était calme. Il n'avait même pas peur. Il n'était pas sur son terrain, mais le Fumier ne l'était pas non plus. Et si ce dingue de justicier avait commis l'erreur de se laisser coincer dans la baraque avec les trois autres, il était foutu. Les *amigos* cubains ne lui laisseraient aucune chance. Finalement, il ne s'était mis en retrait que pour jouir du spectacle, sans prendre de vrais risques. Bien sûr, il aurait préféré se payer le Fumier en personne, mais dans ces conditions...

De toute façon, Toro était là, planqué quelque part dans l'ombre, le protégeant le cas échéant. Simple routine. Eddie « Cristo » Sastroso ne risquait rien.

D'ailleurs, le grand Fumier était déjà mort. L'arrêt soudain du vacarme de la bagarre l'attestait, et les gars allaient réapparaître, levant leurs armes en signe de victoire. Forcément. Personne ne pouvait survivre à une telle orgie de feu.

Même pas Mack Bolan.

A cet instant, le jeune *jefe* fut envahi par une bouffée d'orgueil. En cette fin de nuit, ici, sur la terre de ses ancêtres, il allait entrer dans la légende. Désormais pour tous les *amigos* de la planète, il serait le symbole de la victoire tant attendue. Il serait celui qui aurait eu la Grande Salope ! Il serait...

Soudain, une explosion, là, quelque part dans les profondeurs du *pueblo*. Une déflagration puissante, précédée d'un éclair rouge, et suivie d'un vacarme en cascade. Des choses... des pans de murs qui s'écroulent. Et une autre explosion. Tout près. Et du feu. Un incendie ! Comme ça ! Quasi spontané, à l'intérieur de cette cour, derrière ce porche...

Et un corps !

Un cadavre ! Jusqu'alors invisible dans l'obscurité, malgré la lunette passive. Un cadavre répandu sur le pavé, crâne éclaté, plein de sang et avec son arme près de lui ! Eddie ne comprenait...

Encore une explosion ! Le *pueblo* s'illuminait ! Le *pueblo* brûlait ! Les vieilles pierres déjà noircies par de précédents incendies cédaient, éclataient, des pans de murs basculaient, s'écroulaient de toutes parts, et Cristo ne comprenait pas ce qui provoquait ces explosions, ce qui allumait cet opéra dantesque. On aurait pu croire que les fantômes des soldats de Cienfuegos étaient de retour. En tout cas, lui s'était bercé d'illusions : Mack Bolan n'était pas encore mort...

Soudain, Eddie crut être le jouet d'un mirage. Là-bas, tout au bout de la ruelle coupant le hameau par son milieu, une silhouette était apparue, comme née d'un rideau de flammes. Une haute silhouette habillée de noir, immobile, un étrange appareil sur le front et lui couvrant un œil, les bras le long du corps.

Incrédule plutôt qu'effrayé, et animé par un simple réflexe, le jeune *jefe* de Miami tourna la tête. A droite, à gauche. Cherchant de son regard à présent ébloui par les flammes, la colossale silhouette de Jaime « Toro » Toja.

— Il est mort !

La voix, grave et puissante, avait résonné par-dessus la clameur crépitante des incendies. Sinistre.

Toro était mort. Bolan ne bluffait pas, Cristo en était sûr. Il n'était pas idiot et savait discerner le vrai du faux.

Et, bien sûr, Eddie ne voulait pas mourir.

Il voulait vivre encore et, à cet instant il aurait pu tenter de s'enfuir. Sortir du *pueblo*, profiter de la nuit pour échapper au grand Fumier. Mais un Sastroso ne fuyait pas, surtout quand il était question de venger la famille, de reparaître devant son père sans baisser les yeux, et, du même coup, s'auréoler de gloire aux yeux de ses pairs. Et ce pour le reste de sa vie. Devenir une légende. Il voulait être celui qui tuerait Mack Bolan. Et il savait qu'il était arrivé à l'heure de vérité. Le point de non-retour.

Alors, d'un geste sec, il releva le canon du P.-M., et son index enfonça la détente.

L'arme tressauta dans son poing, une longue rafale répercuta son écho contre les murs du *pueblo* en feu, et, là-bas au bout de la ruelle éclairée maintenant par les flammes de l'enfer, la grande silhouette noire tressaillit… et vacilla.

Touché !

Eddie « Cristo » Sastroso avait gagné ! Il venait de vaincre la légende en noir haïe de tous ses semblables. A cette seconde, l'Exécuteur était en train de mourir sous ses bal…

Alors seulement, la douleur irradia la poitrine du pourri. Juste à l'endroit du cœur. Et il se sentit bête. Terriblement stupide.

CHAPITRE XXIII

— Bon voyage en enfer, pourri.

A peine audible dans le concert grandissant des brasiers, l'oraison funèbre de l'Exécuteur fut emportée dans une tempête de fumées grises. Tout là-bas au bout de la ruelle, la longue silhouette noire d'Eddie « Cristo » Sastroso avait fini de s'écrouler. Sur l'écran feuille du Smart, le Guerrier avait aperçu l'impact sur le devant de la chemise blanche sans cravate, triangle blême au milieu de la veste noire. Cible parfaite. En se plantant ainsi au milieu du chemin, le jeune Sastroso avait lui-même écrit la scène de sa propre mort, et elle lui ressemblait. Théâtrale, mégalo. Dans le droit fil de pensée de ceux qui se rêvent un destin grandiose dans leur folie criminelle.

Maintenant, tandis que le *pueblo* autrefois sacrifié sur l'autel de l'Histoire achevait de finir dans ses ultimes cendres, l'Exécuteur n'avait plus rien à faire ici. Ou plus exactement, plus personne à tuer. Pourtant, ses pas l'avaient ramené devant le patio sans portail. Tous les acteurs du mal de ce théâtre d'ombres à peine entrevues au moment de l'assaut étaient passés de vie à trépas. Y compris le blessé, là-haut, qui geignait encore quand il avait sauté par-dessus la rambarde. Trop salement touché. Pourtant, Mack Bolan traversa le patio, rabaissa l'écran feuille devant son œil droit, enjamba les cadavres à la veste claire et au blouson rayé, remonta le perron, retraversa le hall, enjamba d'autres corps, et monta l'escalier pour la deuxième fois. Arrivé au palier, l'arme pendant au bout de son bras et ignorant le corps du costaud en caleçon, il chercha du regard celui qu'il avait laissé baignant dans son sang. L'homme au visage connu.

Disparu.

Sur la détente du Beretta, son index frémit, puis il perçut comme un soupir émanant de la pièce du fond. Il vit aussi les traces sur le carrelage défoncé. Une longue traînée sombre, qui se perdait dans l'ouverture béante. Du sang. Et des pleurs contenus. Il s'avança, et, sans redresser le canon du Beretta, il s'arrêta dans le cadre de porte, considéra la scène un instant, avant de dire enfin :

— *Good night, Miss Berling.*

C'était une mauvaise nuit, mais que dire autrement ?

La jeune femme était là, assise sur le lit aux armatures en fer entouré de valises et de sacs, vêtue d'une chemise descendant sur ses jambes, de longs cheveux clairs pendant sur les épaules, ses mains entourant le visage de l'homme baignant dans son sang. Après un long silence ponctué de craquements des foyers d'incendie, elle leva les yeux sur le Guerrier solitaire, déclara en anglais d'une voix monocorde :

— Ainsi, c'est vous, Mack Bolan.

— Affirmatif.

La jeune femme observa un silence, détourna les yeux, souffla de la même voix :

— Il le savait.

Bolan s'étonna :

— Qu'est-ce qu'il savait ?

— Qu'il mourrait, s'il quittait la zone de la guérilla. Il savait que, un jour, vos chemins se croiseraient de nouveau, et que cette fois, vous ne l'épargneriez pas.

Rodrigo avait raison. Quelque temps plus tôt en Colombie, le Guerrier n'avait laissé la vie sauve à Rodrigo Spinola le *cokero* que pour respecter un deal. Un marché, passé à contrecœur avec les FARC, afin d'obtenir la libération d'une de leurs otages[8]. Un arrangement qui comprenait une autre libération. Celle de Jane Berling, gynécologue, mais également agent D.E.A., qui, en fin de compte, avait décidé de rester dans la jungle avec ses ravisseurs, pour continuer d'y exercer son art. Bénévolement.

Syndrome de Stockholm. Et même super syndrome, à en juger par ce que Bolan savait à présent.

— Mais dans la zone, reprit la jeune femme sur le même ton désincarné, sa vie était désormais en danger. Les FARC ne lui faisaient plus confiance. Après votre... passage dans la région, et sous prétexte de soigner les blessures que vous lui aviez infligées, les chefs du mouvement ont décidé de le garder dans notre camp, pour l'éliminer en douceur.

— Comment ça ?

— En le laissant simplement mourir. Dans la jungle, un blessé peut mourir très vite. Seulement, il y avait un problème, enchaîna l'Américaine. Son frère José. Le porte-parole du Front Armé. Un pur et dur, qui s'était montré extrêmement adroit au cours des négociations menées par Hugo Chavez. Elément très précieux.

Négociations épiques, qui avaient abouti à la libération de Clara Rojas et de la sénatrice Consuelo Gonzalez. Bolan avait appris tout cela dans le dossier et sur le DVD confisqués au coffre-fort du Latina Food Consortium.

8. *Les tueurs de Montanitas*, L'Exécuteur N° 245.

L'air de ne pas être complètement dans le sujet, la jeune femme poursuivit :

— Pour convaincre José de leur volonté de sauver son frère, le chef de notre camp l'avait fait admettre à notre infirmerie de campagne. Mais quand il a compris que mes soins pouvaient réellement le sauver, il m'a interdit de continuer à le soigner. J'étais gynécologue, je ne devais plus m'occuper que des femmes de son unité. J'ai compris alors que l'autorité des FARC voulait la mort de Rodrigo, sans pour autant l'avouer à son frère. Sans doute craignaient-ils sa réaction. Je n'en ai rien montré, mais j'en ai été très choquée, ajouta Jane Berling un ton plus bas. J'avais appris qu'il était le frère du porte-parole du mouvement, mais j'ignorais quelles étaient ses vraies activités.

Elle faisait allusion à celles de *cokero*. Le Guerrier encouragea :

— Et puis ?

La jeune femme ôta ses mains des joues du mort, les posa sur ses épaules, comme pour le protéger.

— Et puis… Enfin, il était faible, j'avais eu sa vie entre mes mains, et… et j'ai commencé à m'attacher… Vous comprenez ?

On y était. L'humain est ainsi fait. Besoin d'amour, de douceur dans l'horreur. D'espoir. Le cas Clara Rojas en faisait foi.

— Et puis, un jour, reprit-elle, José Spinola est venu au camp pour voir son frère, et j'ai alors réussi à lui parler. Très brièvement, mais l'essentiel y était. Il est devenu tout pâle, m'a dit de ne plus me faire remarquer, qu'il s'occupait de tout, et, trois jours plus tard, il est revenu de nuit avec un petit commando. Trois hommes et une femme. Quatre guérilleros d'un autre camp, soupçonnés depuis quelque temps de tiédeur révolutionnaire. Tout s'est passé alors très vite. Un homme du commando et la femme sont venus me libérer de la chaîne qui me retenait la nuit sous ma tente, pendant que José et les deux autres s'occupaient de l'exfiltration de Rodrigo sur une civière de fortune. Une pirogue nous attendait sur un bras de rio dans la jungle environnante, et tout le monde a embarqué. Au petit matin, on était sortis de la zone FARC, et le lendemain soir, José Spinola nous faisait accoster en bordure d'un village en pleine forêt, où des contacts vénézuéliens nous attendaient, à bord d'un petit bateau de commerce fluvial. José avait apporté des antibiotiques, et tout un nécessaire de soins, et quand, une semaine plus tard, on s'est retrouvés au Brésil, Rodrigo allait beaucoup mieux.

— Comment avez-vous échoué à Cuba ?

— En tant que porte-parole, José connaissait beaucoup de gens, partout où flotte l'esprit marxiste. Notamment au Venezuela, justement grâce à ses efforts dans les fameuses négociations. Seulement, à l'époque, ces tractations étaient toujours en cours, et plutôt délicates. Clara Rojas et Consuelo Gonzalez étaient encore prisonnières, et les autorités vénézuéliennes redoutaient le moindre incident. Alors, on nous a fait passer à Cuba, avec l'accord de la D.O.E.

La Direccion de Operaciones Especiales, l'organisme d'Etat cubain, chargé des opérations extérieures clandestines, visant à mener ou à appuyer les mouvements révolutionnaires étrangers. Bolan connaissait. Mais le temps passait, le jour allait se lever, et il pressa :

— O.K., pour Cuba. Mais pour quel projet final ?

Cela figurait clairement sur le DVD, mais une confirmation ne serait pas de trop. Jane Berling haussa mollement les épaules.

— Désormais menacés par les FARC, et n'ayant aucune confiance en une éventuelle amnistie par la justice colombienne, Rodrigo et son frère avaient décidé de proposer un deal aux autorités vénézuéliennes. Hélas, à La Havane, des opposants au régime avaient eu vent de notre aventure, et, surtout, ils avaient appris les activités de Rosario. L'affaire devenait trop sensible. Des trafiquants de dope réfugiés chez Castro… Craignant de voir l'affaire étalée dans la presse occidentale, on nous a évacués ici, et, depuis, on a appris que les dissidents en question avaient disparu de la circulation.

Sans commentaire. Cuba la touristique, et Cuba la prison. Bolan pressa encore :

— C'était quoi, ce deal ?

Il avait besoin d'une confirmation. La jeune femme répondit :

— Un marché directement adressé à la Présidence à Caracas. A Hugo Chavez lui-même, dont les deux frères savaient, depuis la libération de Rojas et de Gonzalez, combien il avait joué là-dessus pour redorer son blason, au plan international. Alors, une fois à La Havane, ils ont constitué un dossier, et enregistré un DVD, dans lesquels ils proposaient, preuve vidéo à l'appui, de me faire acheminer à Caracas, officiellement via Cuba, avec la complicité active des services locaux, ceci afin d'associer Castro à Chavez dans cette affaire hautement humanitaire. En contrepartie, ils demandaient l'asile au Venezuela, et leur accès à la nationalité du pays. Ceci, afin d'échapper aux poursuites éventuelles du côté colombien.

Et ainsi, très probablement aussi, continuer le business de la dope. Du moins pour Rodrigo. Comme si elle devinait ses pensées, Jane Berling déclara d'une voix lasse :

— J'avais décidé de ne pas rentrer aux Etats-Unis. Je voulais rester auprès de Rodrigo. Bien sûr, il aurait peut-être cherché à reprendre ses activités criminelles, mais j'étais certaine de pouvoir l'en dissuader. Je... crois qu'il m'aimait un peu aussi. Enfin, je voulais vraiment... Vous comprenez, n'est-ce pas ?

Bolan comprenait. Puis comme pour elle-même et d'un ton encore plus las, l'Américaine murmura :

— Moi, je ne comprends pas.

Elle n'ajouta rien, releva les yeux sur le Guerrier, l'air de chercher une réponse qui ne venait pas. Malgré tout, elle avait conservé l'esprit de l'agent D.E.A., et bien sûr, il saisit la nature de ses interrogations.

— C'est Costerias, renseigna-t-il. C'est lui, qui vous a vendus.

Petit temps mort, puis, hochant lentement la tête, Jane Berling souffla :

— *I see.*

A son expression, elle devait s'en être doutée. Logique. Ex « petite main » des services cubains, Mario Costerias était l'homme idéal pour traiter ce type de magouille. Selon ses propres aveux avant de mourir, il avait été chargé d'acheminer le trio en un lieu discret, précisément le *pueblo*, histoire de calmer la rumeur qui continuait de circuler à La Havane. Le temps de monter le deal. Mais, décidément traître jusqu'à la racine des poils, l'indic reconverti contremaître avait senti la grosse combine. Le moyen de négocier un gros paquet de dollars. Une copie du DVD montrant le trio sur le Malecon lors de son passage à La Havane, et du dossier destiné à Caracas. A la coopérative, il y avait le matériel. Ensuite, proposer son propre deal à ses employeurs de Miami, via Jaime « Toro » Toja, son intermédiaire habituel. A charge ensuite pour les Sastroso de monnayer les précieuses infos auprès de leurs contacts colombiens, eux-mêmes associés aux FARC. Pour Cristo et sa famille, c'étaient beaucoup de marchés très avantageux en perspective.

Le Guerrier l'expliqua à Jane Berling, qui hocha de nouveau la tête :

— Je comprends, maintenant. D'où votre... excursion jusqu'ici.

— Affirmatif.

Si elle avait su par quels canaux son « excursion » avait eu lieu...

— Et vous êtes venu pour tuer Rodrigo, n'est-ce pas ?

— Je ne laisse jamais deux fois la même chance à ce genre de pourri, éluda l'Exécuteur.

Sans relever le qualificatif, la jeune femme insista :

— Et pour José ?

Elle parlait du cadavre devant l'autre pièce sur le palier. José Spinola, le frère de Rodrigo, ex-porte-parole des FARC.

— Lui, n'était pas sur ma liste, avoua-t-il. Mais c'était lui ou moi.

Un silence, puis :

— Donc, je ne suis pas concernée par votre... opération.

Bolan ne voyait pas où elle voulait en venir. Il éluda encore, ajouta en faisant allusion à ce blitz colombien où il était question d'elle :

— A Montanitas, j'avais pour projet de vous arracher aux FARC, et de vous ramener au pays.

Mouvement de tête de Jane Berling.

— Abandonnez le projet, jeta-t-elle d'une voix soudain raffermie. Je ne rentre pas aux States.

Il tiqua :

— Mais encore ?

Elle releva la tête, fixa son œil gauche, celui qui n'était

pas caché par l'écran feuille, et, entourant doucement le cou de Rodrigo Spinola de ses avant-bras réunis dans un geste protecteur, elle déclara d'un ton ferme cette fois :

— Je reste avec lui.

Elle marqua un temps, ajouta plus bas :

— Après, on verra.

Et elle conclut d'un ton sec :

— Partez, maintenant !

Pour Bolan, il n'y avait plus rien à faire ici. Il le savait. Il allait partir et *Pequeña* Cienfuegos retournerait à ses cendres. Définitivement.

Pourtant, pour Jane Berling, c'était stupide de rester ici. Le Guerrier allait tenter d'argumenter, quand, brusquement, son satellitaire sonna. Instantanément rappelé à la situation, il décrocha, reconnut la voix d'Eva Carrillo.

— Mack ! J'ai un méga problème !

CHAPITRE XXIV

Mack Bolan avait l'impression de rouler depuis des siècles. Il n'avait pas dormi une minute depuis son départ du *pueblo.* Un départ un peu précipité, car les incendies avaient sonné le tocsin dans toute la région, et, à peine avait-il retrouvé le mauvais asphalte à la croisée de la route et du chemin, que le premier fourgon de *bomberos* avait croisé le 4x4. Au moins, Jane Berling serait vite secourue, et, pour la suite, l'agent D.E.A. gérerait ses problèmes.

De ce côté, affaire classée.

En revanche, le cas Eva Carrillo inquiétait le Guerrier. Au téléphone, elle s'était limitée à lui avouer qu'elle avait un énorme problème, qu'elle ne pouvait rien dire de plus par téléphone à cause des piratages possibles, et qu'elle filait sur Santiago de Cuba, où elle l'attendrait dans la cathédrale. Puis elle avait raccroché, sans lui laisser le temps de parler.

Santiago de Cuba !

Cette fille était dingue ! Leur exfiltration était prévue par vol régulier au départ de La Havane ! Elle allait exactement en sens contraire ! A mille kilomètres de la capitale ! Certes, il y avait bien un aéroport international à Santiago, mais après l'incident de la soirée précédente à proximité de la base U.S., les contrôles y seraient renforcés. Malgré sa vocation touristique affichée, Cuba n'était pas un pays comme les autres. Des autorités, une armée et une police complètement paranos. Avec, en plus, des mouchards grenouillant partout, surtout aux aéroports.

Eva Carrillo semblait l'avoir oublié.

Et en plus, pas moyen de la joindre. Pas de réseau. Après trois envois de SMS sans réponse, Bolan avait renoncé. Une seconde ou deux, il avait même songé à rallier seul La Havane, et sauter dans le premier vol pour le Mexique ou le Canada. Mais, bien sûr, l'idée ne l'avait qu'effleuré. Moralement inacceptable. Alors, au petit matin, la colère aux tripes, il avait fait le plein à la première pompe rencontrée sur la Carretera Central, y avait avalé un café et un plat de *chatinos*, ensemble d'amuse-gueules frits plutôt gras. Il était plus de 11 heures du matin, et le Samurai avait avalé 248 kilomètres d'asphalte en passant par La Tunas et Bayamo.

Périple épuisant, après sa nuit de combat. En abordant enfin les faubourgs de Santiago de Cuba, le Guerrier se posait des tas de questions, et se demandait ce qui l'avait pris d'accepter ce deal idiot avec la détective. A aucun moment la présence de celle-ci n'avait été nécessaire, et un mauvais pressentiment le taraudait. L'impression d'avoir été manipulé.

Un moment plus tard, il pénétrait au cœur de la ville. La cité symbole de la *Revolución*, où Fidel Castro et ses troupes avaient lancé leur première attaque historique contre la caserne de la Moncada, en juillet 1953. Depuis, l'ivresse populaire avait baissé d'un ton, en même temps que la liberté et le pouvoir d'achat. Heureusement, il y avait le soleil, et la joie de vivre des Cubains. Les charmes de la ville y étaient pour beaucoup. Fondée en 1514, capitale des conquistadores jusqu'en 1589, Santiago de Cuba était sans doute une des plus agréables cités de l'île. Rues propres et animées, très fréquentées par les voyageurs de toutes nationalités. Sauf U.S., bien entendu. Une lumière éblouissante inondait les rues, et, malgré les fontaines et la brise qui agitait les feuilles des arbres et les plantes des parterres, il commencait à faire très chaud. Heureusement, la clim du 4x4 fonctionnait à peu près. Voyant passer un groupe de touristes devant le capot de son véhicule, le Guerrier se surprit à penser à l'existence qu'il aurait pu vivre, sans ce jour maudit, où des siècles plus tôt, la mafia de Pittsfield avait ravagé sa famille. Mais le mal était fait. Depuis, sa vie n'était plus qu'une guerre permanente, parsemée de cadavres et inondée de sang.

Revenant à l'immédiat, et se dirigeant grâce à quelques plaques indicatrices sommaires, Bolan déboucha bientôt sur une vaste place ombragée. Le célèbre Parque Cespédès, autour duquel s'érigeaient notamment l'Hôtel de ville, et la Casa Velasquez, une des plus anciennes maisons d'Amérique, où avait précisément vécu Diego Velasquez, le fondateur de Santiago.

De l'autre côté de la place, trônait la cathédrale, avec sa base en arcades, ses deux tours à clochetons et sa peinture jaune pâle. Le bâtiment construit en 1522 renvoyait la lumière du soleil, conférant au décor un petit air d'opérette. Alentour, détail surprenant, la circulation, très réglementée par de multiples panneaux, n'était pas si clairsemée, et les voitures pas si anciennes que cela. Ayant enfin trouvé une place autorisée, le Guerrier sauta à terre, et, aussitôt, une chape de plomb lui tomba dessus, lui rappelant douloureusement sa nuit agitée et réveillant sa blessure dans le dos. En pénétrant dans la cathédrale l'instant d'après, l'ombre et l'air frais le soulagèrent, et, parcourant les travées du regard, il se mit à la recherche d'Eva Carrillo. Difficile. Il y avait foule, et des groupes de touristes hantaient les lieux. Toute attention requise, Bolan remonta par trois fois les rangs de la nef, contourna le chœur, retourna en arrière, fouillant l'assistance du regard. En vain.

Eva Carrillo n'était pas là.

Contenant son agacement, il ressortit, et il allait se diriger vers les bancs publics réfugiés à l'ombre des arbres, quand le satellitaire se manifesta. Deux bips. SMS.

« Serai très en retard, te supplie m'attendre même endroit ! »

Réactivant l'appareil, il composa le numéro de la détective, obtint enfin une sonnerie, puis la messagerie. Résigné, il articula seulement :

— O.K.

Que faire d'autre ?

Il était près de 18 heures et, pour la énième fois, l'Exécuteur pénétra dans la cathédrale. Les rangs des fidèles s'étaient éclaircis, et les groupes de touristes s'étaient fait plus rares à mesure que l'après-midi s'écoulait. Des religieux des deux sexes parcouraient les allées, et à force, Bolan allait finir par intriguer. Point positif dans tout ça, il avait pu faire une petite sieste à l'intérieur du Samurai, et il se sentait mieux. Et puis, soudain, alors qu'il commençait à désespérer, il la vit.

Là-bas, à l'extrême droite d'une travée située à mi-longueur de la nef. En ensemble de jean, un foulard bleu sur la tête, et assise de dos. Pourtant, il la reconnut tout de suite. Comme alertée par un sixième sens, elle tourna la tête alors qu'il s'approchait. Leurs regards se croisèrent, et, dans celui de la jeune femme, il lut un vrai soulagement.

Son rang de sièges n'était occupé que par deux femmes en noir et un gamin en jean et baskets rouges, plus intéressé par son crocodile en plastique, que par le sacré du lieu. Après un dernier tour de nef destiné à détecter d'éventuels indésirables, le Guerrier alla s'asseoir près d'Eva. Sans le regarder, elle souffla :

— Tu es en voiture ?

Question étrange. Eva Carrillo semblait nerveuse, voire angoissée. Il répondit :

— Affirmatif. Pourquoi ?

Elle marqua un temps, jeta un bref regard alentour, répondit dans un souffle :

— Ils ont repéré la 2 Chevaux.

Pâle, les traits tirés, elle semblait soudain terrifiée. Incrédule, Bolan scruta l'environnement à son tour, ne nota rien de suspect, questionna :

— Comment ça ? Qui ça ?

Lui dérobant toujours son regard, la jeune femme lâcha d'une voix blanche :

— Allons à ta voiture. Vite !

Sans attendre, elle se leva et, tandis que le Guerrier l'imitait, de plus en plus incrédule, il la vit se pencher vers les sièges à sa gauche, tendre la main vers le gamin au crocodile en disant :

— Viens, poussin. On s'en va.

— Explique.

Glacée, la voix de l'Exécuteur n'avait qu'à peine couvert le bruit du moteur du Samurai, mais, assise près de lui, Eva Carrillo tressaillit. Ils étaient sortis de la ville et ils roulaient depuis dix minutes, sans avoir échangé le moindre mot, mais le Guerrier savait d'ores et déjà qu'il avait vu juste.

Il s'était fait manipuler.

Après un regard à l'arrière du véhicule où le gamin s'était assoupi, son crocodile sur les genoux, l'Américaine exhala un soupir contraint en acquiesçant. Puis désignant la banquette arrière d'un mouvement de tête, elle déclara d'une voix crispée :

— Il s'appelle Carlito. C'est mon fils.

A cet instant, Mack Bolan sut que les choses allaient devenir très compliquées.

Ils roulaient à présent sur une route quasi déserte, et Bolan conduisait presque sans y penser. Il s'était fait avoir, et, plus que la vexation, c'était le dépit qui l'habitait. Elle aurait dû lui dire avant de quitter les States…

Non. Bien sûr que non. Il aurait refusé. Ôtant enfin de sa tête le châle qu'elle avait conservé, Eva Carrillo lança un regard à l'extérieur, semblant chercher dans la nuit maintenant installée un hypothétique réconfort. Puis d'un coup, elle se lança :

— J'ai connu Felipe il y a six ans. *Cubano* comme moi, musicien, pas très à cheval sur les principes, beau mec, très marqué à gauche. On a fait Carlito, je croyais que tout allait bien, quand Felipe s'est mis à fréquenter des groupes de jeunes excités politiques. Culte du Che, de Fidel et du reste. Je détestais ça, et nos relations se sont très vite détériorées. Grâce aux réseaux de ses nouveaux amis, il a pu par deux fois se rendre à Cuba. Soi-disant pour travailler sa musique. La troisième fois, il a profité d'une de mes absences, pour embarquer Carlito avec lui. Le petit porte son nom. Il figurait sur son passeport et…

Bolan n'écoutait plus. Il coupa :

— Et Felipe n'est plus revenu aux States, et il ne t'a pas renvoyé le gamin.

— C'est ça. C'était il y a plus d'un an.

Eva semblait sur le point de craquer, mais le Guerrier enchaîna :

— Et tu as décidé d'aller chercher ton fils.

— *Si*. Sept mois après son arrivée à La Havane, Felipe s'est mis à débloquer. La picole, la fumette, les *jiniteras*, les combines pas claires, etc. Au cours d'une rixe entre voyous dans une boîte de salsa, il a fracassé le crâne d'un type avec une bouteille de rhum. Hémorragie interne, décès du gars, résultat, six ans de cabane, et Carlito placé en orphelinat.

— Et toute cette histoire de mère de l'amie Gloria habitant à Camagüey… du vent.

— Non. Ça, c'est vrai. C'est précisément l'existence de la mère de Gloria qui m'a donné l'idée. L'orphelinat est à Camagüey.

— Et alors ?

— Alors, sous prétexte de faire parvenir de l'argent à Felipe par la filière de ses amis guevaristes, j'ai réussi à en envoyer à Lisa Colón, avec laquelle je correspondais régulièrement. Je lui ai raconté mon histoire et, petit à petit, je l'ai convaincue à mots couverts de tenter d'approcher quelqu'un de l'orphelinat, susceptible à ses yeux de se laisser acheter. Il y aurait beaucoup d'argent pour l'intéressé, ainsi que pour elle, si on arrivait à sortir Carlito de l'établissement, quand je serais à Camagüey. Un jour, elle m'a écrit qu'elle avait réussi à trouver la bonne personne. Un surveillant de nuit. Mais il s'agissait de commettre un crime, le type risquait la prison, et il exigeait beaucoup de dollars. Trente mille. Ça, plus les dix mille promis à Lisa Colón…

A Cuba, une fortune colossale !

Maintenant, Mack Bolan saisissait tout le montage de l'affaire. Le besoin d'argent d'Eva Carrillo. Quarante mille dollars, ça ne se trouvait pas sous le pied d'une privée de Little Havana, et la prime de l'argent du coffre du Latina Food Consortium tombait à pic.

Une sacrée manip.

— Dès que j'ai su que je t'accompagnais, j'ai déclenché mon plan. J'avais le téléphone du surveillant, j'ai passé des heures à essayer de le joindre, mais j'y suis finalement arrivée, et je lui ai dit que je le préviendrais dès mon arrivée à Cuba. C'est ce que j'ai fait hier soir, de la salle d'eau de notre local à la base. Connaissant notre première destination, je lui ai dit que je serais à Camagüey aujourd'hui, et qu'il pouvait déclencher l'opération. Faire sortir le petit, et le déposer chez Lisa Colón. Je le prendrais au passage. Mais il a ergoté. Il n'avait pas confiance, il voulait l'argent contre la remise de Carlito. Je devais le rappeler sitôt arrivée en ville. C'est ce que j'ai fait cette nuit quand tu m'as expédié ce SMS. Sur place, l'échange s'est opéré en dix minutes.

En temps ordinaire, Bolan aurait tiré son chapeau. Une mère capable d'un tel exploit, c'était total respect. Mais, maintenant, c'était totale galère. Sitôt la disparition du gamin découverte à l'orphelinat, l'alerte avait été lancée, et quelqu'un avait dû apercevoir la 2 Chevaux tourner près de l'orphelinat. Résultat, en prenant de l'essence, Eva avait entendu la radio de la station lancer un appel à témoins. Enlèvement d'enfant, 2 Chevaux grise, etc. La jeune femme avait pourtant réussi à rallier Santiago, mais, alors qu'elle retournait à la voiture pour y prendre des bonbons achetés plus tôt à son fils, elle avait vu le véhicule de patrouille, et les flics tourner autour de la Citroën.

Moralité, même si le gamin avait eu un passeport en règle, franchir les contrôles d'un aéroport eût dès lors été mission impossible. Autant dire qu'ils étaient bloqués à Cuba. Pire. Traqués.

Sauf si…

Comme si la jeune femme lisait dans ses pensées, elle déclara, mal à l'aise :

— On peut y arriver, non ?

Elle avait bien deviné. Elle l'avait même imaginé de longue date. Sans répondre, et ravalant sa colère, le Guerrier s'empara du satellitaire, y frappa un numéro codé. L'instant d'après, une voix résonnait dans l'écouteur :

— *Leave a message. One will recall you.*

Formule lapidaire, que l'Exécuteur ne connaissait que trop. Hal Brognola n'était pas disponible.

Alors, il laissa son message, raccrocha, et accéléra.

Direction Guantanamo.

ÉPILOGUE

L'Exécuteur avait l'impression de vivre au ralenti, tant ils avaient encore avalé de kilomètres, sans presque apercevoir les rares localités traversées. Dans le faisceau des phares éclairant au passage des plaques délitées, des noms avaient défilé, aussitôt oubliés. Quelque part dans une plaine aride, ils avaient dû faire un arrêt pipi pour Carlito. En remontant dans le 4x4, il avait demandé si « on arrivait bientôt ». Sa mère avait répondu oui, lui avait donné des biscuits à manger, et il s'était rendormi, sitôt ces derniers engloutis. Au compteur, ils avaient parcouru une centaine de kilomètres, et, par ici, la circulation était quasi nulle dans les deux sens. Un seul véhicule les avait croisés une minute plus tôt. Un 4x4 avec galerie, roulant à tombeau ouvert. Le secteur était de plus en plus nu, et, dans peu de temps, ils seraient en vue de la baie de Guantanamo, avec la base à proximité.

Et toujours pas de Brognola.

Réunions, conférences, dîners officiels… Si le fédéral restait encore longtemps aux abonnés absents, le plan d'urgence risquait de s'achever en catastrophe. Après le coup de la patrouille hier soir, tous les accès de la base étaient sans doute verrouillés par les *barbudos*, et…

— Mack !

Bolan avait vu. Juste une seconde avant l'appel d'Eva Carrillo, il avait aperçu les feux dans le rétro. Une voiture derrière le 4x4. Venue de loin, et qui les avait rattrapés en un rien de temps. En fait, rien d'inquiétant à cela, sauf que, maintenant, elle se contentait de les suivre, au lieu de les doubler… et que c'était un 4x4, avec des phares rectangulaires, et une galerie sur le toit !

Celui qui les avait croisés tout à l'heure !

Avec deux détails en plus, que le Guerrier n'avait pas notés lors du croisement. Deux antennes. Une sur le toit, une sur l'aile droite. Au même instant, un autre véhicule apparut dans les phares du Samurai. Devant eux. Un autre 4x4, quasiment identique. Gris comme le premier, ou vert. Avec les mêmes antennes. Alors qu'ils arrivaient derrière lui, le véhicule se déporta brusquement à gauche, prévenant toute tentative de dépassement, et, simultanément, une sirène hulula dans leur dos, tandis qu'une lumière aveuglante prenait subitement l'arrière du Samurai dans son faisceau. Un projecteur à main, brandi par un bras tendu à la portière du 4x4 suiveur.

La police ! Le Guerrier ignorait comment, mais ils étaient repérés !

— *¡ Madre de Dios !*

Eva Carrillo avait raison. Il ne restait plus qu'à prier. Car, bien sûr, pas question de s'arrêter. Trop près du but.

Un but inaccessible sans l'aide de Brognola.

De toute façon, pour l'Exécuteur, toute reddition était exclue. Comme beaucoup d'autres pays, Cuba était pour lui *Tierra prohibida*. Alors, enfonçant l'accélérateur à fond, il lança à l'adresse de la jeune femme :

— Sac à dos !

Le sien. Elle le comprit, et comme soudain libérée de

son angoisse, elle exécuta à la lettre les instructions du Guerrier. Dollars explosifs aveuglants de l'ami Herman, dernière génération. Il n'en restait que quatre. Ne pas rater. Relevant les yeux vers le rétro, Bolan sentit son estomac se remplir de plomb. Aux portières du 4x4 suiveur, des canons d'armes étaient apparues. Puis, en espagnol, une voix tonna, impérative :

— Stoppez le véhicule !

Mégaphone. Le Guerrier abaissa sa glace, et tout en donnant ses instructions à la détective, il accéléra brusquement, arriva sur le 4x4 de devant comme un boulet. Jugeant l'écart avec le véhicule suiveur suffisamment creusé, il lança à l'adresse d'Eva en lui présentant sa paume droite :

— *Money !*

Elle s'exécuta. Une seule pièce. Economie. Tenant le volant d'une main, l'Exécuteur tordit le faux dollar couleur or entre ses dents, le balança par la portière.

— Ferme les yeux !

La détective avait vécu l'expérience la veille. Elle ferma les yeux en même temps que Bolan. Juste avant le souffle. Malgré cela, ils virent nettement l'éclair à travers leurs paupières. Derrière eux, il y eut un son bizarre, puis une succession de chocs, de plus en plus éloignés. Dans le rétro, l'Exécuteur vit le projecteur du 4x4 suiveur slalomer sur la route, puis les phares obliquèrent, sursautèrent violemment, et l'un d'eux s'éteignit, tandis que le projecteur valdinguait dans l'espace. Pourtant, l'estomac de Bolan n'était pas soulagé pour autant. Car, simultanément, les portes arrière du 4x4 devant eux s'étaient ouvertes à la volée, livrant l'apparition qu'il redoutait le plus. Assis à contresens, un type en treillis vert braquait sur eux un fusil doté d'un gros tube.

Lance-grenade !

Poire d'attaque ? Simple gaz ? Dans un réflexe foudroyant, le Guerrier avait donné un violent coup de volant à gauche, tout en collant l'accélérateur au plancher. Tel un boulet, le Samurai arriva sur l'arrière gauche du 4x4, le percuta latéralement. Si fort qu'il aperçut au passage le type de l'arrière propulsé de côté, puis en avant, se rattrapant in extremis au montant de la carrosserie. Au même moment, Bolan cria :

— A toi !

Eva Carrillo savait ce qu'elle devait faire, et elle le fit. Plutôt bien. Précisément à l'instant où, déporté, par le choc, l'autre véhicule faisait un écart à droite, elle balança la pièce qu'elle venait de tordre, par-dessus sa galerie en criant :

— Tes yeux !

Leçon bien apprise. Accroché au volant, Bolan ferma les paupières, reçut l'éclair à travers, entendit des craquements à droite, un hurlement de pneus, une suite de petits chocs. Lorsqu'il rouvrit les yeux, les roues du Samurai tressautaient sur un revêtement différent. Plus granuleux. Plus la même route. Et le 4x4 adverse n'était plus là. Mais alors qu'il se croyait sauvé, des lumières se mirent à danser dans le rétro. Tournant la tête vers l'arrière, la détective s'exclama :

— Il y en a d'autres !

Elle avait raison, hélas, car les phares qui venaient d'apparaître étaient différents. Ronds. Lumière aveuglante, légèrement bleutée. Phares à iodes. Des feux qui gagnaient du terrain, au-dessus desquels, soudain, des éclairs se mirent à fulgurer.

Des coups de feu !

— *¡ Madre de… !*

Eva n'eut pas le temps de terminer. Des chocs à l'arrière

du Samurai, une petite explosion, et le 4x4 se mit à zigzaguer. Pneu éclaté !

— *¡ Nooo !*

Eva Carrillo s'était précipitée, se jetant littéralement vers l'arrière de l'habitacle. D'une détente folle, elle attrapa le petit Carlito soudain réveillé, le fit basculer à l'avant, le serra contre elle en se penchant sur lui pour le protéger de son corps. Pendant ce temps, serrant le volant comme un fou, l'Exécuteur avait remis le véhicule sur la route, le maintenant tant bien que mal sur une trajectoire approximative. Il cria :

— *Money !*

Mais Eva Carrillo n'écoutait plus. Désormais, plus rien n'avait d'importance pour elle, hormis la vie de son fils. Arrachant littéralement les deux dernières pièces de son poing crispé, l'Exécuteur en mordit une, l'envoya à la volée.

Un éclair blême à travers ses paupières, et un cri :

— Mack ! Att…

Plus que jamais accroché au volant, il rouvrit les yeux, crut cauchemarder. Droit devant, dans le pinceau des phares, une grille ! Ou plutôt, un énorme portail métallique couleur de rouille à deux vantaux, renforcé d'entretoises en formes de X… qui arrivait sur eux à la vitesse du son ! Le temps d'un éclair et tandis que le Guerrier écrasait la pédale des freins, son regard dilaté accrocha la forme rectangulaire d'une plaque fixée à la grille. Une plaque qui grossit très vite, sur laquelle il eut à peine le temps de lire :

ZONA

FRONTERIZA

NO PASE

Et juste derrière, une silhouette en uniforme. Immobile, les bras levés, comme pétrifiée. Un factionnaire.

Zone frontière !

L'entrée de la zone militaire U.S. de Guantanamo ! Là ! Droit devant !

Et puis ce fut le choc.

Epouvantable. Le pare-brise explosa, la plaque feuilletée se rabattit à demi vers l'intérieur, mais tint bon. Eva Carrillo cria, mais, contre toute attente, le véhicule poursuivit sa route, louvoyant d'un côté à l'autre de la route qui continuait devant eux. D'instinct, le Guerrier avait jeté un coup d'œil dans le rétro, aperçu la silhouette sur le côté, découpée par les phares de la voiture poursuivante. Le factionnaire. Debout. Pas blessé. Et puis, il vit les feux de la voiture suiveuse réduire de volume, jusqu'à devenir deux petits points lumineux.

— Seigneur Jésus !

Cette fois, l'exclamation d'Eva était très différente, joyeuse, incrédule.

Ils avaient gagné !

Enfin... pas tout à fait. Car, après une course de plus en plus désordonnée, le 4x4 fut soudain inondé par de nouvelles lumières. Des véhicules arrêtés, formant barrage. Véhicules militaires. Bolan freina, parvint à stopper le 4x4 à peu près convenablement, vit des hommes en uniforme sauter des véhicules, armes aux poings. Au même instant, une sonnerie discrète résonna dans l'habitacle du Samurai.

Le satellitaire.

Sans quitter du regard les silhouettes militaires qui avançaient vers le 4x4, armes braquées, le Guerrier décrocha, entendit :

— Un problème, Striker ?

La voix de Hal Brognola ! Enfin !

L'Exécuteur renvoya, euphorique :

— Ça se pourrait, *amigo*. Je vais avoir besoin de toi.

Il y eut un « blanc » dans l'appareil, puis, à droite de Bolan, une petite voix murmura timidement en espagnol :

— *Mama*... Il conduit mal, le monsieur !

Carlito avait raison. Il conduisait mal. Sans doute parce qu'il était très fatigué. Toutes les guerres étaient épuisantes. Dévastatrices. Et celle que menait l'Exécuteur depuis si longtemps, et contre tant d'ennemis, l'était peut-être plus que toute autre. Mais c'était son destin, et cette guerre-là, il la mènerait jusqu'au bout.

Jusqu'à sa propre mort.

Mais, par une sorte de miracle, ce ne serait pas pour aujourd'hui...

Mais le combat de Mack Bolan continue...

Une chaussure en croco à mille dollars se planta dans le sol, le ciment de la piste éraflant le cuir brillant. Le pied ripa, la cheville se tordit et l'autre jambe se déroba. Comme s'il avait trébuché sur un obstacle invisible placé en travers de son chemin sur le tarmac, Felix Valdes perdit l'équilibre. Il battit des bras et, à l'instant de s'écrouler, eut un sursaut de tout le corps sous le choc d'un deuxième impact, au milieu du dos. Il tournoya sur lui-même, et Mack Bolan vit que la première balle l'avait atteint à la base du cou, de trois quarts arrière... Selon un angle de quarante degrés, un tir mortel, presque à coup sûr... Mais le tireur inconnu avait doublé, avec une précision de professionnel. A plus d'un demi-mile, ce n'était certes pas un jeu d'enfant.

Boulot de sniper, pensa le Guerrier. A travers les jumelles, il embrassa la scène dans sa totalité, jusqu'au vert tendre du pré, qui n'était plus maculé d'aucune tache brune...

Le ciment du tarmac, quant à lui, risquait de ne pas boire la flaque rouge qui s'agrandissait autour de la tête et des épaules de Felix Valdes. A l'extrémité d'une jambe bizarrement repliée, une seconde chaussure rutilante à mille dollars commençait à être tachée de rouge sombre.

Le grand Black qui escortait le narco exprima une intense stupéfaction en contemplant le corps inerte, puis en se regardant lui-même, comme s'il n'en revenait pas d'être en vie. Si près de la trajectoire, mais épargné par les projectiles... Sidéré mais vivant ! Dégoûté aussi, car il était éclaboussé : du sang plein son impeccable costume, en taches dégoulinantes, en myriades de gouttelettes. Du sur mesure salopé !

Les yeux exorbités, la bouche ouverte, l'agent de la D.E.A. mit deux secondes à réagir. Deux secondes de trop, comme toujours en pareil cas, quand la mort frappe à l'improviste. Valdes abattu sous son nez était déjà devenu, dans cet infime laps de temps, un cadavre. Et lui qui ne l'avait pas protégé de son corps, et se découvrait indemne, avait du mal à recouvrer ses réflexes. Garde du corps inefficace, il était quand même agent des Stups…

Il dégaina son arme, gesticula en direction du Douglas et de ses collègues. Puis il se tourna vers la clôture et le golf, de l'autre côté de l'avenue, scrutant le paysage en tournant la tête en tous sens et en criant. Enfin, il se mit à courir. Un agent des Stups qui s'affole…

Sous l'aile du bimoteur, le plus grand des officiers fédéraux témoignait de plus de sang-froid, et de réflexes de professionnel aguerri. Il parlait vite dans son portable, tout en montrant du bras le terrain de golf. Son collègue se mit à sprinter jusqu'à la Ford qui démarrait. Il sauta dedans au passage. Elle fonça vers la grille d'accès de Litchfield Road.

A un kilomètre de là, les 400 chevaux du V8 de la Camaro rugirent. Bolan avait posé les jumelles près de lui et démarré. Alors qu'il jaillissait du parking du Luke Hospital, il entendit se déclencher les sirènes des Dodge Magnum. Il passa devant l'entrée de la base juste avant que les plots escamotables livrent le passage aux véhicules de la police de Sun City. Sur l'écran du G.P.S. s'affichait le périmètre de la base et du golf attenant. A l'angle de Northern Avenue, Bolan continua tout droit, jusqu'à l'embranchement, sur la gauche, d'une petite route qui menait, à l'arrière du Falcon Golf Course, à l'extrémité est du parking du zoo. Dans son rétroviseur, il aperçut les Dodge, puis une Ford, qui tournaient dans Northern Avenue, dans un concert de ululements.

Le parking du zoo était en cours d'agrandissement. Un vaste chantier où s'activaient des pelles mécaniques. Deux cents mètres devant Bolan, un 4x4 noir en sortit, se faufilant entre les baraques et les engins de terrassement pour bifurquer aussitôt vers le nord.

L'Exécuteur n'hésita pas une seconde. Il accéléra et prit le même chemin. Les informations fournies par le G.P.S. n'en disaient rien, mais il aurait parié qu'il y avait un moyen de passer du Falcon Golf Course au parking du zoo. Et que, dans la BMW X5 qu'il suivait maintenant, se trouvait l'homme qui venait d'éliminer Felix Valdes au nez et à la barbe de la D.E.A.

Si ce n'était pas le cas, s'il n'était pas encore sorti de la zone où il avait opéré, il y avait de grandes chances que les policiers lui tombent dessus. Ils devaient à présent investir le golf.

Mais l'Exécuteur pressentait que le sniper n'était pas du genre à se laisser coincer si facilement.

Achevé d'imprimer en mars 2008

BUSSIÈRE
GROUPE CPI
à Saint-Amand-Montrond (Cher)

— N° d'imprimeur : 80586 —
— N° d'éditeur : Ex. 250 —
Dépôt légal : avril 2008.

Imprimé en France